江苏省慈善总会
江苏省诗词协会　编

慈咏善行

——江苏慈善杯诗词大赛佳作三百首

河海大学出版社
·南京·

图书在版编目(CIP)数据

慈咏善行：江苏慈善杯诗词大赛佳作三百首／江苏省慈善总会，江苏省诗词协会编. --南京：河海大学出版社，2021.12

ISBN 978-7-5630-7364-1

Ⅰ.①慈… Ⅱ.①江… ②江… Ⅲ.①诗词—作品集—中国—现代 Ⅳ.①I227

中国版本图书馆 CIP 数据核字(2021)第 261026 号

书　　名　慈咏善行——江苏慈善杯诗词大赛佳作三百首
CIYONGSHANXING——JIANGSU CISHANBEI SHICI DASAI JIAZUO SANBAI SHOU
书　　号　ISBN 978-7-5630-7364-1
策划编辑　朱婵玲
责任编辑　沈　倩　吴　淼
特约校对　岳盈娉　徐倩文
装帧设计　红骑士设计
出版发行　河海大学出版社
地　　址　南京市西康路 1 号(邮编：210098)
电　　话　(025)83737852(总编室)
(025)83722833(营销部)
经　　销　江苏省新华发行集团有限公司
排　　版　南京布克文化发展有限公司
印　　刷　江苏凤凰数码印务有限公司
开　　本　718 毫米×1000 毫米　1/16
印　　张　23.25
字　　数　238 千字
版　　次　2021 年 12 月第 1 版
印　　次　2021 年 12 月第 1 次印刷
定　　价　78.00 元

作者简介

江苏省诗词协会创建于1986年。几十年来，协会组织广大会员诗友贴近时代、深入生活、深入群众，创作了大量反映经济文化建设和社会生活的诗词作品。现任会长蒋定之，名誉会长顾浩、冯敏刚，常务副会长盛克勤，副会长江建平、丁捷、徐崇先、子川，秘书长刘中。

江苏省慈善总会是具有法人资格的全省性、非营利性、公益性社会团体。自2005年成立以来，始终坚持“慈善为民，服务为本，乐善好施，扶贫济困”的办会宗旨，先后被国家民政部、中华慈善总会评为“全国先进社会组织”“中华慈善先进机构”。会长蒋宏坤，常务副会长吕德明，执行副会长刘成林，副会长盛克勤、董启彬、赵顺盘、陆素洁、章大李、唐群，秘书长章大李(兼)。

编辑委员会

评审委员会

主　任：盛克勤

副主任：子　川　钟振振

委　员：（按姓氏拼音排序）

罗　辉：诗人，中华诗词学会驻会顾问、湖北省诗词协会名誉会长

林　峰：诗人，中华诗词学会副会长、《中华诗词》副主编

刘庆霖：诗人，中华诗词学会副会长、《中华诗词》副主编

盛克勤：诗人，江苏省诗词协会常务副会长、江苏省慈善总会副会长

孙晓飞：诗人，《中国老年》主编

钟振振：诗人，中华韵文学会会长，南京师范大学博导

子　川：诗人，江苏省诗词协会副会长，《江海诗词》主编

前言

江苏省慈善总会是由热心慈善事业的公民、法人及其他社会组织自愿参加的全省性、非营利性、公益性社会组织。总会的宗旨是弘扬中华民族扶贫济困、乐善好施的传统美德，宣传慈善文化，传播慈善理念，筹募慈善资金，扶助困难群众，推进国际间、境内外合作，发展我省慈善事业，为构建和谐江苏，促进社会文明进步服务。总会先后被国家民政部、中华慈善总会评为“全国先进社会组织”“中华慈善先进机构”。

总会自成立以来，开展了大量卓有成效的工作。一是筹募善款。建立、筹募和管理各项慈善基金，开展各种形式的募捐活动，接受自然人、法人及其他组织的捐赠；为困难群众提供物质扶助和精神抚慰。二是慈善救助。开展扶贫、助老、助孤、助残、助医、助学等各类慈善救助活动，帮助困难群众改善生活和健康状况，实现基本的生存和发展权利。三是赈灾救助。协助政府开展救灾赈济工作；接收、分配、调拨国际间、境内外向本会捐赠的赈灾款物；接受政府委托并根据实际需要组织生产、储运、发放救灾物资；抚慰在抗灾救灾中牺牲和伤残人员及家属。四是公益援助。支持和推动教育、文化、卫生等社会公益事业；组织发展慈善志愿者队伍，开展多种形式的慈善公益活动。五是交流与合作。推动省内慈善组织的互动和协作，加强同国际间、境内外公益机构的联系与合作，整合慈善资源，促进我省慈善事业的发展。六是组织慈善宣传和业务培训，弘扬慈善文化，普及慈善理念，开展慈善理论与发展战略研究。

长期以来，在热心慈善事业的公民、法人及其他社会组织的积极支持下，江苏慈善工作取得了令人鼓舞的成绩，结出了累累硕果。扬子晚报希诺阳光助学行动、护苗行动、情暖江苏、心悦晚霞等项目，都产生了广泛的社会影响，各慈善基金和专项捐赠也在省内外发挥了积极作用。

站在两个一百年的历史交汇点上，江苏省慈善事业面临新的机遇和挑战，使命光荣，责任重大。已经在全面建成小康社会、脱贫攻坚中发挥了历史性作用的江苏省慈善总会，更要继续以习近平新时代中国特色社会主义思想为指导，为建设社会主义现代化强国而努力奋斗，主动作为，开拓创新，积极发挥好国民收入第三次分配的独特作用。

在这样的历史时刻，弘扬传统慈善文化，树立现代慈善理念，宣传江苏省慈善事业的新成就，尤其显得重要。由江苏省慈善总会和江苏省诗词协会面向全国共同发起"江苏慈善杯"诗词大赛征稿活动，是江苏慈善开展的诸多活动项目中的一个重点项目。几个月来，各方诗人词家贴近时代、深入生活，积极创作，推出了 3000 多首诗词佳作。经严格评选，本书选辑约 300 首，含特邀作品、获奖作品、入围作品，体裁包括诗、词、曲等，内容上包括助老、助孤、助困、助医、助学、扶贫、赈灾等。这些作品热情歌颂了党的领导、中国特色社会主义制度、新时代江苏省慈善事业发展的新成就和慈善先进模范人物。

这次大赛既是一次对江苏慈善事业的回顾，也是对未来慈善工作的推动，更是对慈善文化的弘扬。乐善好施、扶贫济困的中华优秀传统美德一定会更加发扬光大。

目录

一　特邀作品

西江月　蒋定之 / 003

七绝　蒋定之 / 004

读中华慈善人物有感，为“江苏慈善杯”诗词大赛点赞　黄树贤 / 005

扶贫谣·南京六合竹镇行（自度词）　方祖岐 / 006

颂江苏慈善之风　周文彰 / 007

盛世新风——江苏慈善事业颂　顾　浩 / 008

赞慈善基金会　冯敏刚 / 009

咏赞中华慈善　罗　辉 / 010

闻“江苏慈善杯”诗词征稿活动得句　徐　红 / 011

踏莎行·江苏慈善　江里程 / 012

踏莎行·慈善事业　仇中文 / 013

咏慈善（三首）　盛克勤 / 014

采桑子·慈善事业　江建平 / 015

天净沙（三首）　周　游 / 016

江苏慈善杯赞　张福有 / 017

希望小学　高　昌 / 018

慈善歌　刘庆霖 / 019

护鱼九歌（节选）——自题护鱼画兼劝乐钓者　丁　捷 / 020
西江月·心向慈善（依蒋定之会长韵）　徐崇先 / 021
东风第一枝·咏江苏慈善　子　川 / 022
依韵蒋定之先生咏慈善　子　川 / 023
善行天下赞　言恭达 / 024
也说慈善　王海娜 / 025
题江苏慈善杯活动　宋彩霞 / 026
为江苏慈善杯作　杨学军 / 027
西江月·依韵蒋定之先生咏慈善　魏艳鸣 / 028
西江月·依韵蒋定之先生咏慈善　何培树 / 029
西江月·依韵蒋定之先生咏慈善　郭宏之 / 030
西江月·依韵蒋定之先生咏慈善　朱思丞 / 031
西江月·依韵蒋定之先生咏慈善　佟云霞 / 032

二　获奖作品

慈善歌　(江苏)施　霖 / 035
沁园春·绿舟应急救援之歌　(陕西)王兴一 / 037
敬颂遗体捐献者　(山东)汪冬霖 / 038
忆 107 岁的老红军秦华礼向江苏省慈善总会捐款有感　(辽宁)沈忠辉 / 039
向善　(河北)尹志杰 / 040
“修车老人”胡汉生　(湖北)汪业盛 / 041
水调歌头·希诺阳光助学行动　(江苏)曹建新 / 042
精准扶贫　(云南)孙道雄 / 043
观公园拾废品老妪为灾区捐款有感　(河南)文贤中 / 044
咏江苏省慈善总会　(河北)任凤荣 / 045

江苏省慈善总会礼赞 （湖南）熊湘东 / 046
礼赞江苏慈善事业（藏头诗） （江苏）程越华 / 047
临江仙·赞江苏慈善事业 （吉林）邵红霞 / 048
喝火令·爱心 （辽宁）卜祥杰 / 049
水调歌头·无锡梁溪养老服务综合体 （上海）纪福华 / 050
题江苏慈善事业 （河南）翟红本 / 051
咏农行南京分行捐款箱 （河北）王天明 / 052
最具爱心慈善行为楷模方祖岐 （江苏）庄德同 / 053
爱心依旧 （湖南）刘伦武 / 054
赞江苏慈善杯 （江苏）闵永军 / 055
大年团圆饭 （江苏）朱玉明 / 056
张桂梅 （江苏）宋善岭 / 057
千秋岁·情暖江苏 （江苏）王川海 / 058
卜算子·敬老院中年货送 （江苏）冒有祥 / 059
纪念南通大学已故教师“莫文隋” （广东）苏　俊 / 060
慈善事业颂 （江苏）严荣德 / 061
古风·慈善总会颂 （江苏）颜玉华 / 062
踏莎行·江苏省慈善总会公益计划 （广西）罗陆艺 / 064
赞无偿献血者孙晓建 （江苏）王加华 / 065
七绝·助老志愿者 （江苏）仝艳艳 / 066
赞江苏省慈善总会 （北京）卢冷夫 / 067
赞江苏各地为武汉无偿献血志愿者 （江苏）姜立新 / 068
赞“江苏好人”、泗阳县阳光爱心协会会长邱晓梅 （江苏）单士前 / 069

三　入围作品

慈善事业步步高　丁小禾 / 073

感动江苏之慈善家　丁凤萍 / 074

有感乡村居家养老　万俊敏 / 075

鹧鸪天·咏江苏慈善之星陆永华　马洪波 / 076

江城子·汉阴助学　马建华 / 077

慈善吟　马建勋 / 078

鹧鸪天·为抗震救灾捐款　马骏英 / 079

天仙子·咏大茅岛护士吴雪(双调)　邓仲锦 / 080

鹧鸪天·江苏慈善事业赞　王　冬 / 081

致敬乡村扶贫工作者　王　勃 / 082

鹧鸪天·赞江苏慈善事业　王　勤 / 083

水调歌头·为中国区域性整体脱贫咏赞　王文中 / 084

赞江苏助力患病儿童　王日耀 / 085

古风·口罩万里行　王长友 / 086

慈善　王长城 / 093

学生收到捐赠书籍　王丹香 / 094

鹧鸪天·善举　王世繁 / 095

走访凉水河乡清河沿村贫困人家　王会东 / 096

董事长姜滢寒门行　王兆浚 / 097

临江仙·慈善天使　王吉勤 / 098

江城子·赞王建荣　王英彪 / 099

水调歌头·天池坝易地扶贫参观后　王星汉 / 100

脱贫攻坚大慈善　王香谷 / 101

赞一位带病投身慈善公益事业的女志愿者　王贺军　/ 102

守到花开　王喜飞　/ 103

歌恒力集团董事长、总裁陈建华　王继荣　/ 104

颂江苏省慈善总会助学大爱　王雪亮　/ 105

乡贤　王荫昌　/ 106

说慈善　王善同　/ 107

“江苏慈善杯”诗词大赛志愿者结对帮扶孤寡老人　王播春　/ 108

破阵子 · 慈善事业颂　牛俊人　/ 109

【中吕 · 山坡羊】慈善超市赞——孤寡老人的幸福生活　牛根科　/ 110

有感于江苏省慈善总会救助重病患者　毛瑞花　/ 111

张桂梅　毛德慧　/ 112

西江月 · 咏慈善　左朝芹　/ 113

金缕曲 · 慈善　卢象贤　/ 114

抗疫志愿者　叶子金　/ 115

喜看江苏省慈善事业取得新成就　叶兆辉　/ 116

咏赞江苏慈善事业　叶金生　/ 117

赞江苏慈善扶贫助学兼寄莘莘学子　丘尾菊　/ 118

燃灯校长　代丽娜　/ 119

赞江苏省慈善总会　江　晟　/ 120

鹧鸪天 · 赞江苏慈善扶贫一日捐　祁国凯　/ 121

题江苏省慈善总会孤儿助学工程　吉铁兵　/ 122

西江月 · 慈善　朱　琳　/ 123

开学季慰问贫困学生有感　朱维宾　/ 124

慈善痴人歌　印建生　/ 125

慈善吟 任家潮 /127

江城子·支教老师 华 芳 /128

金缕曲·赞江苏慈善事业 向 丽 /129

慈善捐 刘 涛 /130

“心悦晚霞”项目激发晚年老有所为 刘 强 /131

慈善春风醉江南 刘义志 /132

赞慈善事业工作者 刘立国 /133

阮郎归·大爱无言 刘艾玲 /134

鹧鸪天·灾后重建感赋 刘江岳 /135

江苏省慈善总会咏 刘光和 /136

阳光助学行动 刘成卓 /137

望海潮·慈善新咏 刘建平 /138

论慈善 刘筱倩 /140

慈善名片亮江苏 江先金 /141

助学圆我梦 汤俊峰 /142

慈善江苏 安 杰 /143

临江仙·咏慈善事业 安燕梅 /144

行香子·江苏省慈善总会成立十六年感怀 许名同 /145

赞特养中心教师 许国其 /146

定风波·献给残疾人朋友 邢建建 /147

浣溪沙·岁末村支书送年货到孤儿家 全凤群 /148

【仙吕·寄生草】慈善吟 阳光学 /149

栖霞山读枫阁听人谈江苏慈善 孙 群 /150

近邻 孙亚非 /151

临江仙·记“圆梦助学”平台工作人员家访 孙运才 / 152
题慈善事业 孙金山 / 153
题江苏慈善事业 孙新新 / 154
向善而行 纪晓榕 / 155
赞江苏慈善 花爱艳 / 156
慈风永驻 苏泉语 / 157
鹧鸪天·爱心捐赠歌 杜天明 / 158
破阵子·山村公益图书室 李　芳 / 159
养老院做义工感作 李　朋 / 160
临江仙·咏江苏省慈善总会 李小英 / 161
水调歌头·驻村扶贫干部 李玉洋 / 162
沁园春·致江苏慈善事业 李四新 / 163
扶贫即景 李传春 / 164
赞扶贫新建山区小镇 李行敏 / 165
临江仙·雪中赴山区为留守儿童送御寒衣 李军英 / 166
题“徐州的保尔”郑复生 李如意 / 167
【中吕·山坡羊】赞江苏慈善事业 李宝翠 / 168
赞磨刀老人吴锦泉 李声满 / 169
“谎言” 李克俭 / 170
咏慈善 李利坤 / 171
咏希诺阳光助学行动 李佐钦 / 172
水调歌头·题扶贫工作者 李改香 / 173
江苏慈善赞 李沛翔 / 174
参加慈善活动抒怀 李贤君 / 175

临江仙·为江苏省慈善总会点赞 李金娥 / 176

慈孝吟 李建永 / 177

大善 李建东 / 178

赞盱眙教体局离退休党支部慈善捐赠活动 李厚仁 / 179

情暖江苏 李素芬 / 180

行香子·江苏慈善杯吟诵 李顺仁 / 181

公益人王燕与大凉山村小学 李晓茹 / 182

庚子冬至日，过海门张謇纪念馆作 李继东 / 183

赞江苏慈善 李跃贤 / 184

临江仙·慈善心 李瑞利 / 185

江苏省慈善总会 杨 焕 / 186

闻郑复生获江苏慈善奖暨最具爱心慈善行为楷模事迹感赋 杨小英 / 187

鹧鸪天·苗寨喜迁新居 杨永光 / 188

鹧鸪天·张桂梅 杨怀胜 / 189

双调小桃红·赞扶贫干部 杨寿和 / 190

慈善颂 杨定坤 / 191

虞美人·江苏最美人物汤崇雁 杨定朝 / 192

访怡康敬老院刘敏院长 杨海信 / 193

满庭芳·愿承慈善为家风 杨寄华 / 194

为江苏省慈善总会作 杨晓波 / 195

鹧鸪天·“拾荒妈妈”厉正香 杨彩春 / 196

【南吕·一枝花】扶贫干部 杨碧峰 / 197

赞慈善工作者 肖剑顺 / 198

清平乐·备战腾讯九九公益助捐活动 来 均 / 199

沁园春·江苏省慈善总会扶贫纪事 吴文艳 / 200

鹧鸪天·句容市爱之声义工团年会感怀 吴本玲 / 201

西江月·金山公益女志愿者 吴诚龙 / 202

满庭芳·援疆光明行 吴海晶 / 203

赞为大病捐款的慈善者 邱永叶 / 204

八声甘州·脱贫决战 佘玉兰 / 205

西江月·慈善行 沈 扬 / 206

“帮扶孤贫学生活动”有感并寄语帮扶对象 宋 旭 / 207

题江苏省慈善总会 宋 彬 / 208

咏江苏省慈善总会 宋玉秋 / 209

海棠春·大病兜底 宋江明 / 210

慈心善举 宋艳红 / 211

咏慈善助学者 张 彦 / 212

赞修车老人胡汉生 张 彦(女) / 213

惠善有怀 张 奕 / 214

冬日偶见路边老太手工做棉鞋摆地摊 (安徽)张 萍 / 215

致扶贫干部 (陕西)张 萍 / 216

观苏城明善乐行有感 张 皓 / 217

江苏慈善铸辉煌 张卫东 / 218

黄花吟 张文龙 / 219

临江仙·感吟敬老院女义工 张立芳 / 220

慈善歌 张秀平 / 221

咏江苏慈善楷模方祖岐将军 张青松 / 223

慈善江苏感怀 张雨倩 / 224

行香子·赞"心悦晚霞"项目之爱心驿站 张祖国 / 225
咏扶贫干部 张海萍 / 226
鹧鸪天·题慈善公益行 张晓斌 / 227
赞南通磨刀老人吴锦泉 张敬爱 / 228
赞新城养老中心 张新春 / 230
寄"感动中国"2015 年度人物"磨刀老人"吴锦泉 张颖娟 / 231
渔家傲·抗洪 张镇华 / 233
沁园春·赞江苏慈善事业 张耀明 / 234
扶贫感怀 陆　猛 / 235
鹊桥仙·磨刀老人吴锦泉 陆　蔚 / 236
江苏省慈善总会护苗行动 陆广毅 / 237
送清凉 陈　镇 / 238
咏慈善践行 陈为玑 / 239
有感和善园联合江苏省慈善总会向鼓楼区环卫工人赠送消暑饮品 陈启荣 / 240
写给致力于慈善事业的人们 陈苗清 / 241
咏江苏慈善 陈奇兵 / 242
雪天见暖 陈建中 / 243
洞仙歌·歌赞吴江义工 陈海蓉 / 244
漂母故乡慈善多 陈振文 / 245
临江仙·闻岩头中学送教山乡有感 陈福荣 / 246
贺江苏省慈善总会成立 16 周年 陈慧茹 / 247
中华抗疫吟一百韵 巫志刚 / 248
永遇乐·上善 邹　俊 / 251
赞助残模范潘文贤 邹　鹏 / 252

行香子·赞中国爱心老人姜达敖　邵香君 / 253

喜闻母校南京理工大学率先推出爱心饭卡　房　舫 / 254

咏慈善事业　林　芹 / 255

乡村脱贫赞——致挂村帮扶党支部第一书记　林文钦 / 256

慈善江苏礼赞　林锦城 / 257

赞山村教师　林惠芳 / 258

感恩捐赠　尚金洋 / 259

一剪梅·赞伟大母亲张桂梅　尚爱民 / 260

首届江苏慈善奖获得者苏姝娣　罗　伟 / 261

西江月·山中助老纪实　罗金龙 / 262

光伏助残项目　罗金华 / 263

江苏省慈善总会网观后　金永波 / 264

鹧鸪天·大爱无痕　金兴生 / 265

西江月·洪泽区慈善咏　金华成 / 266

晴朗乡政府会议室商谈对口帮扶　周　煜 / 267

广厦庇寒士　周光华 / 268

行香子·崇德向善　周宗云 / 269

感沈小平慈善事　周其荣 / 270

为慈心善举点赞　周富成 / 271

慈善颂　周增芝 / 272

劝孝歌　周德新 / 273

题江苏省慈善总会驰援河南抗汛　郑　杰 / 274

赞江苏慈善　郑万才 / 275

江苏有爱　屈国杰 / 276

临江仙·赞江苏省慈善总会 孟凡武 / 278

赞拾荒助学的退休老师韦思浩 孟祥杰 / 279

党建农村居家养老 宫文梅 / 280

母亲织百件毛衣送村里孤寡老人 封明珍 / 281

十拍子·赞最具爱心慈善楷模徐亚福 赵天林 / 282

有感99公益日 赵丽萍 / 283

江苏驰援河南新乡抗洪救灾纪事 柯 宏 / 284

【正宫·脱布衫过小梁州】记江苏省慈善总会资助白血病女孩阿娇 钟绍勋 / 286

咏敬老院长李银江 侯明铎 / 287

临江仙·咏慈善扶贫 姜夕泉 / 288

南歌子·慈善吟 姜云超 / 289

浪淘沙令·赞扬州年轻慈善家路丹瑞 姜亚谦 / 290

浣溪沙·镇敬老院所见 洪成超 / 291

慈善 洪宝志 / 292

江苏省慈善总会礼赞 姚宪民 / 293

咏慈善工作者 姚铁飞 / 294

赞沈小平——第五届“江苏慈善奖”最具爱心慈善捐赠个人、中华慈善突出贡献个人等 俞可淼 / 295

大爱人间 贺占强 / 296

支教感怀 凌 宇 / 297

致江苏慈善事业 郭小鹏 / 298

致江苏省慈善总会 郭凤林 / 299

江苏慈善捐资救灾 郭增吉 / 300

西江月·赞驻苏央企慈善精准扶贫 索远鸿 / 301

江城子·扶贫济困 袁桂荣 / 302

鹧鸪天·江苏“爱心超市”赞 贾来天 / 303

轮椅歌手肇恒君 聂元水 / 304

【双调·沉醉东风】小儿收联合国儿童基金会证书和戒指 原振华 / 305

过慈济基金南京联络处 徐玉向 / 306

采桑子·赞江苏省慈善总会 徐海平 / 307

满江红·赞“抗疫天使” 徐惠洁 / 308

江苏慈善事业光耀人寰 黄 江 / 309

赞江苏慈善人 黄友富 / 310

鹧鸪天·空巢老人赞社区志愿者 黄玉庭 / 311

【正宫·醉太平】相伴老人行 黄正英 / 312

水龙吟·一珍慈善千千爱 黄郁贤 / 313

豫地受灾江苏奋救有怀 黄斐帅 / 314

旅苏见闻赞慈善总会 梅凤云 / 315

【正宫·塞鸿秋】赞慈善楷模公益教师邓红 常永生 / 316

致敬慈善志愿者 常宏涛 / 317

临江仙·朋友的扶贫日记 崔秀春 / 318

鹧鸪天·江苏慈善事业让爱满人间 崔爱琴 / 319

赞慈善楷模张辅世 崔敬之 / 320

关爱空巢老人 梁庆永 / 321

临江仙·助残日助残 龚 波 / 322

寄从未谋面的助学恩人 彭木芬 / 323

光明之慈善——参加永熹洋行40周年慈善活动有感 彭定军 / 324

水调歌头·江苏爱心助老赞 雷 婉 / 325

浣溪沙·赞徐州少年周牧楠连续十年捐压岁钱助学 蒋继辉 / 326
【中吕·山坡羊】赞江苏省慈善总会 董富荣 / 327
鹧鸪天·春节关爱留守儿童 程春华 / 328
鹧鸪天·人间善最高 傅 渝 / 329
题近代慈善之父熊希龄香山墓园 曾小云 / 330
虞美人·咏江苏“心悦晚霞”慈善项目 谢 丹 / 331
慈善 谢少华 / 332
题江苏省慈善总会“护苗行动” 谢子健 / 333
慈善歌 谢良喜 / 335
踏莎行·白方礼老人 谢鹏主 / 336
采桑子·慈善 谢巍琦 / 337
慈善随心 赖 成 / 338
醉花间·重阳敬老 廖 原 / 339
江苏科技互帮公司成立二十年抒怀 廖崇耕 / 340
泰州富强村春晓 熊 敏 / 341
村委会雪天入户关爱孤寡老人 潘加国 / 342
下乡助学有感 霍镜宇 / 343
诗咏慈善 戴永兵 / 344
鹧鸪天·赞绿健乳业贵州山区助学 魏新建 / 345
小重山·赞马善民 魏福英 / 346

一　特邀作品

西江月

蒋定之

慈善上为政府分忧，下为百姓解难。写在江苏省诗词协会与江苏省慈善总会举办“江苏慈善杯”诗词大赛活动之际。

大德向来行善，大治唯在平安。
扶贫济困解危难，社稷苍生两担。

最是病身堪痛，更须助力伤残。
莫教愁脸夜无眠，万户千家细戡。

七　绝

蒋定之

参加省“幸福家园”慈善书画展。展后拍卖所得皆作扶贫济困之用，义举也！有感而作以记。

百幅丹青墨意浓，
画堂高展送清风。
怀柔种德修身事，
行善垂仁腊月中。

读中华慈善人物有感，为“江苏慈善杯”诗词大赛点赞

黄树贤

慈行善举古今通，
温暖人心义理同。
常记民间忧乐事，
承前当效范蠡公。

扶贫谣·南京六合竹镇行
（自度词）

方祖岐

2017年6月20日，余至竹镇八里村、乌石村看望贫困户。此处乃抗战老区，新四军五支队曾在这里建立全国第一个派出所。现在新农村建设气象一新，巴布洛生态谷引领绿色家园，精准扶贫落实到户，贫困对象喜笑颜开。有感而赋此：

曾经记忆，贫穷、落后、灾害、苦难！天不应，地不灵，年年月月千百载，谁能改变？

霹雳一声惊雷起，碧血新天换。

亿万苍生命运改，复兴路上，遍地红烂漫。

昂首阔步奔小康，精准扶贫，不丢一人，海内同声赞。

战斗号角吹响，呼唤你、我、他，不当局外人，何愁不胜战？等来时，构建人类命运共同体，遐思遥远。

注：竹镇，作者精准扶贫的一个点。

颂江苏慈善之风

周文彰

家乡义举几成风，
竞显仁心唱大公。
己欲达之达父老，
凡人向善亦豪雄。

盛世新风

——江苏慈善事业颂

顾　浩

怀着满腔真情，兴起一股暖流，
让福祉、普及每个人家。
广聚赈灾所需，厚积扶贫必备，
献大爱、没什海角天涯。
耄耋休愁无助，康寿都说有望，
抚银发、笑靥翻腾红霞。
雷狂雨恶难免，祸淫困深好解，
救危急、不管是你或他。
登峰放眼未来，俯首立足当前，
帮学子、凝神抒写韶华。
捧出千秋善举，赢得百姓竖指，
听四野、肺腑之言竞夸。
弘扬祖先美德，开创盛日新风，
看江苏、遍地频绽奇葩。
空中诸象可测，世间万事即应，
颂伟业、高台欢弹琵琶。

赞慈善基金会

冯敏刚

历来灾祸棘民心，

百姓难逃病至贫。

慈善累日集裘腋，

爱怜及时献真金。

鸡鸣狗盗介甫贬，

结草衔环老叟亲。

何为江山说通透，

偏师借重悟道深。

咏赞中华慈善

罗　辉

中庭月色总难匀，
华表生辉尚济贫。
慈竹有心裁一笛，
善缘无价聚千金。
源泉澄碧自消渴，
远树枯黄当问津。
流响连天波浪涌，
长风万里动胸襟。

闻“江苏慈善杯”诗词征稿活动得句

徐　红

慈怀行善事，
情暖岁寒心。
解困回春药，
扶危定海针。
撑开防雨伞，
植就避风林。
协力纾灾厄，
神州响福音。

踏莎行·江苏慈善

江里程

海纳江河，慈泽民众。
人间自有真情涌。
济贫扶困老乡间，积德修善民生中。

大爱无疆，厚德宁静。
凡人善举家国兴。
民为邦本大同时，便逢复兴中国梦。

踏莎行·慈善事业

仇中文

枝叶关情，恫瘝在抱，
从来只为黎民好。
天空总有雨和风，人间须得阳光照。

济困纾忧，赈灾夺秒，
雪中送炭忙昏晓。
问寒问暖问平安，爱心善举生欢笑。

咏慈善（三首）

盛克勤

经诗咏唱传千年，性善人初乃首联。
教化无非求固本，学行有是步人前。
几多富贵堪言富？些少怜悲亦爱怜！
今古高评同一道，从来慈悯撼心弦。

城乡善举蔼风轻，社企慈行暖意盈。
散户毛捐分罐满，公司力竖亿牌倾。
磨刀攒出凡人爱，引水添加益世情。
怃恤帮扶常悯困，江湖四野唱英名。

吾华崛起宇寰雄，抱负民英滚打中。
应物游余乘际遇，逢时驾就驭东风。
深知创富焉凭己，笃愿弥贫可裕同。
纵使钱财真勿道，慈行慷慨竞丹红。

采桑子·慈善事业

江建平

慈心仁爱功能善，堆土成山。
堆土成山，煦暖他人，尤望众平安。

倘如陷困施扶力，实可忧删。
实可忧删，腾起精神，汇聚感恩湾。

天净沙（三首）

周　游

无锡市羊尖镇的慈善事业做得令人击节叹赏，帮助许多困境中的青少年成长成才，哀鸿蜕变成飞鸿。

哀　鸿

树摇雨猛风斜，破巢残梦新痂。
地冻天寒僻野，哀哀鸣罢，欲飞浓雾无涯。

助　鸿

携风插柳莳花，汇流聚力安家。
助梦经春度夏，秋霜何怕，爱心温暖芳华。

飞　鸿

春风细雨新芽，羽轻梦好时嘉。
秀出凌云一划，长空潇洒，铁钩题写青霞。

江苏慈善杯赞

张福有

继雅开吟事，
诗杯励践行。
好施缘乐善，
纾困乃钟情。
百姓江山立，
万花风雨生。
理深堪醒世，
时代诏前程。

希望小学

高　昌

小序：2007年秋，笔者供职的《文化月刊》杂志社牵手友刊《艺术市场》和《艺术教育》，共同为山西贫困县捐建一所希望小学，感赋。

偕三皮匠事非难，
情系春风桃李间。
为补天青缝百衲，
且凭手赤破重关。
鲸波浩荡敢争海，
鸟道崎岖饱看山。
爝火撩开光世界，
铿然有爱照尘寰。

注：民谚云，三个臭皮匠，顶个诸葛亮。

慈善歌

刘庆霖

莫因力弱便迟疑，
世事成于行动时。
救助江河一滴水，
此中善念几人知。

护鱼九歌（节选）

——自题护鱼画兼劝乐钓者

丁　捷

捷庆一歌鱼美丽，
且诗且画且抒情：
无衣无饰赤条条，
美轮美奂美身心。

捷庆二歌鱼健康，
且诗且画且抒情：
烈日当空晒骄阳，
冰冻三尺舞升平。

鱼同万物皆有灵，
且说且画且护生：
护生必然惠子孙，
大道恩泽暖如春。

西江月·心向慈善（依蒋定之会长韵）

徐崇先

华夏人心向善，万民身命为安。
无论家国遇何难，终化彩虹天赞！

站富强高应愿，脱贫济困扶残。
和谐社会乐无眠，诗助东风更看！

东风第一枝·咏江苏慈善

子　川

北斗慈航，和风细雨，人间烟火无数。
炎凉宁有千回，荣悴岂其一户。
风云不测。当其时、齐心相助。
积柴薪、聚火炉膛，融雪破冰春曙。

青山醒、捧日驱雾。
赤壁赋、应时当午。
初心落笔南湖，远梦高歌新路。
百年过隙。得与失、绝尘而去。
再登程、众善偕行，筑就美高强富。

依韵蒋定之先生咏慈善

子　川

时有慈风汲善，分明国泰民安。
恰逢不测亦何难，百合同心礼赞。

扫码春江日晓，啼莺烟树更残。
解难纾困傍山眠，窗外绣球好看。

善行天下赞

言恭达

无垠大爱胜三阳，
化雨东风播梓乡。
莫叹春归花委地，
慈情应共海天长。

也说慈善

王海娜

大爱人多心有光，
如花会意蝶飞翔。
世间慈善沉香似，
先把芳馨梦里藏。

题江苏慈善杯活动

宋彩霞

救灾扶助破荒芜，
万象今朝归一途。
特地诗园征大爱，
人间播种善根株。

为江苏慈善杯作

杨学军

开口吟风物，
当先颂善行。
常思家国事，
多享众亲情。
莫敢初心忘，
焉容薄念生。
由来仁德在，
与共赴前程。

西江月·依韵蒋定之先生咏慈善

魏艳鸣

流水涓涓如善，素心坦坦为安。
八方聚力莫烦难，高义为谁点赞？

惟愿人间多爱，无愁无恨无残。
与春同舞与秋眠，朗月祥云共看。

西江月·依韵蒋定之先生咏慈善

何培树

广济众生行善，小康不漏心安。
病贫托底路加宽，赢得万民称赞。

牵挂伤残弱者，更思公正施援。
秉承大德爱无边，谁不仰头高看？

西江月·依韵蒋定之先生咏慈善

郭宏之

大道无言和善，慈行有意平安。
成城众志不辞难，往古来今共赞。

且爱青山妩媚，更无枝叶凋残。
一江春暖夜无眠，花放万重喜看。

西江月·依韵蒋定之先生咏慈善

朱思丞

慈是一窗春意，善为万户身安。
如融冰雪解忧难，蕙风绿水写赞。

有爱花林婉转，无情霜叶凋残。
繁星点点伴云眠，月好今宵同看。

西江月·依韵蒋定之先生咏慈善

佟云霞

人亦善良为本，国将富足民安。
黎元携手度贫难，得道葵心齐赞。

济困春风和煦，慈悲温暖伤残。
阴霾驱散兴无眠，灿烂星光同看。

二　获奖作品

一等奖（1篇）

慈善歌

（江苏）施　霖

尊崇德礼善为首，敦懿躬行慈以先。
今我来思深慨慨，作歌一阕意拳拳。
溯流淳源何遐远，今古修途共接躔。
范蠡散金恤苦厄，东坡惠药促疴痊。
仲淹履践忧时士，张謇名归济世贤。
迈进开元新时代，中华慈善启宏篇。
相承一脉膺使命，积势创局辟坤乾。
江苏赓衍绽华彩，强富美高令名传。
广厦万间平地起，庇身寒士遍郊廛。
再无风霜交涕泪，但有暖流润心田。

鼎力助学百年计，希望火种纷燔燃。
兴教支边修庠序，草木葱茏春蕾妍。
抗疫赈灾救危难，众志成城解民悬。
驰援九域奔逆旅，送炭雪中担铁肩。
精准扶贫施实策，安居乐业梦同圆。
助残敬老扶衰病，朝蕊晚霞竞澄鲜。
追昔抚今情满溢，无疆大爱代绵延。
熙熙世相曈曈日，滚滚春潮浩浩川。
家国情怀斯至上，江山百姓民为天。
弘慈行善长襄义，大道无垠志弥坚。
福祉永绥殷泽久，锡兹纯嘏唱尧年。

二等奖（4 篇）

沁园春·绿舟应急救援之歌

（陕西）王兴一

据江苏文明网报道：2020 年 7 月 16 日南通港闸区绿舟应急救援队驰援江西抗洪，两天转运被困群众 450 人……

是一丝云，是一泓泉，是一盏灯。
念良知呼唤，帮扶有我；真心奉献，滋润无声。
绝地驰援，危时救助，任在风中共雨程。
关情处、便赴汤蹈火，不误前征。

钦行大义从容，纵花谢花开三万层。
见天崩地裂，迎头冲上；
山滑水涨，出手扶平。
世事无常，人间大爱，正似清清一缕升。
从兹去、用赤诚暖热，厚土苍生。

敬颂遗体捐献者

（山东）汪冬霖

动地感天捐献人，
乘风别去化星辰。
殷殷大爱垂金册，
脉脉清辉照玉轮。
已把心灯重点亮，
更将生命作延伸。
君行云路低头看，
又是家山二月春。

忆 107 岁的老红军秦华礼向江苏省慈善总会捐款有感

（辽宁）沈忠辉

此心百岁似初红，
犹自殷勤欲建功。
万里山川铭旧迹，
十年烽燧跨青骢。
为民今作慈同善，
报国难移义与忠。
捐尽金银缘大爱，
人间不许有贫穷。

向　善

（河北）尹志杰

善是心中一朵莲，
花开香透九重天。
旱魃降雨禾苗喜，
雪虐投食鸟雀欢。
爱在灵台常护持，
慈缘悲悯本无边。
扶贫济困吾曹事，
共筑和谐伊甸园。

三等奖（8 篇）

“修车老人”胡汉生

（湖北）汪业盛

与人打气助前程，
一芥常怀江海情。
小善积来成大德，
修车何异是修行。

水调歌头·希诺阳光助学行动

（江苏）曹建新

蓓蕾求甘露，学子恋诗囊。
偏逢寒雪，小苗难抗此无常。
幸有爱心人士，牵挂株株桃李，不忍落红伤。
晚报平台好，高举一旗扬。

万众随，在行动，献衷肠。
情泉涌动，温暖融化那冰霜。
华夏充盈淑气，贫户喜迎佳讯，笑语读书香。
朗朗乾坤在，霞火映春江。

注：由《扬子晚报》与江苏省慈善总会、江苏希诺实业有限公司共同主办的“扬子晚报希诺阳光助学行动”，自2020年6月启动，筹得大量助学捐款，资助了众多处于困难的学子。

精准扶贫

（云南）孙道雄

竭心尽力辅三农，
对症施方已奏功。
送炭先帮民解困，
添花再助鲤升龙。
好钢用在刀锋上，
美梦圆于田野中。
为使乡村成乐土，
虽居幕后亦英雄。

观公园拾废品老妪为灾区捐款有感

（河南）文贤中

捡瘦朝阳捡夕阳，
胶瓶星斗一车装。
满园春色无心赏，
十里花风靠脚量。
已觉黑颜藏岁月，
还从粗手鉴沧桑。
倾囊不厌真情意，
零整皆凝汗水长。

咏江苏省慈善总会

(河北)任凤荣

亦扶孤老亦扶贫,
乐做荒山种杏人。
勤洒阳光十两热,
长播大爱一方真。
慈悲多向忧民事,
慷慨皆由济世心。
送炭不争花上锦,
但求碧水总流春。

江苏省慈善总会礼赞

（湖南）熊湘东

施善何图利与名？
担当自度重和轻。
慈孤庇幼三春暖，
恤寡尊鳏一片情。
送炭雪中纾困境，
扶贫路上急民生。
满腔热血心无悔，
融入吴山楚水行。

礼赞江苏慈善事业（藏头诗）

（江苏）程越华

江乡大爱岂须赊，
苏活千家复万家。
慈念每随呵护至，
善行常向弱贫斜。
泽霖未忘危崖树，
同德能撑苦海槎。
春暖红尘情暖世，
阳和不择遍桑麻。

注：

1. 江乡，多江河的地方。多指江南水乡。唐·孟浩然《晚春卧病寄张八》诗：“念我平生好，江乡远从政。”

2. 阳和，春天的暖气。宋·范仲淹《西溪见牡丹》诗：“阳和不择地，海角亦逢春。”

临江仙·赞江苏慈善事业

（吉林）邵红霞

若水精神长润物，悄然温暖心灵。
扶贫济困助安宁。
纵遭风雨急，有你自天晴。

聚力解忧欣有策，枝枝叶叶分明。
勿辞软语赞连声。
慈怀缘大爱，善果鉴真情。

优秀奖（20篇）

喝火令·爱心

（辽宁）卜祥杰

序：南京八旬老人林镜恺先生，将一百万元积蓄捐出，用于阳光助学。感其事，遂填此词。

守梦情依旧，倾囊意更真。
哪曾奢侈自家身？
薪火一团光焰，诚挚暖寒门。

大爱堪存世，高风可树人。
善行良种会生根。
静待花开，静待果香醇。
静待满园葱翠，绮丽报芳音。

水调歌头·无锡梁溪养老服务综合体

（上海）纪福华

谁个能不老，此处老如春。
河清人寿，雅风方可笑传身。
月下盛邀李杜，院里常回唐汉，幸与美为邻。
长伴松乔坐，俗者长仙魂。

慈有缘，善无境，爱作根。
人逢盛世，老有所养梦才真。
不止身心康养，更赖凡尘神话，用爱改经纶。
一笔夕阳好，一笔九州亲。

注：

1. 河清句化用，清·顾贞观《金缕曲·寄吴汉槎宁古塔以词代书》：“但愿得、河清人寿。归日急翻行戍稿，把空名、料理传身后。”

2. 松乔句化用，清·龚自珍《辨仙行》：“仙者乃非松乔伦，亦无英魄与烈魂。”

题江苏慈善事业

（河南）翟红本

江海奔流卷浪涛，
总将善字作呼号。
慈云罩向贫和弱，
爱厦起从元与毛。
不让春风留死角，
但分富梦切甜糕。
弯弯明月时时记，
功刻栖霞多少刀？

注：

1. 元、毛，货币单位，这里指慈善捐款。

2. 栖霞，指栖霞山。

咏农行南京分行捐款箱

（河北）王天明

笃为金陵把爱筹，
箱中点滴暖春秋。
襟怀尺寸休言小，
不尽民生在里头。

最具爱心慈善行为楷模方祖岐

（江苏）庄德同

将军解甲未偷闲，
扶老携孤又助残。
一片真情能化冻，
无私挚爱可齐天。
家非巨富常扶困，
室有温馨岂竭泉。
珍重夕阳红似火，
为民奉献意拳拳。

爱心依旧

（湖南）刘伦武

清秋皓月照窗台，
孑影孤灯并不哀。
漏断更深人亦静，
爱心依旧上门来。

（有感于2020年深秋某日，街道爱心人士深夜为一独居老奶奶送去棉鞋等生活物资而作）

赞江苏慈善杯

（江苏）闵永军

行善流芳远，
回眸博爱牵。
鸿恩深似海，
美德大如天。
情义生风路，
仁心化雨泉。
千言讴壮举，
一曲颂群贤。

大年团圆饭

（江苏）朱玉明

泗洪县个体工商户李孝庭（人称李大善人）扶养农村孤寡老人许礼强直至去世。李孝庭还积极参加其它慈善公益活动，经常买上营养品到医院看望尿毒症病人，大年三十放弃与家人团聚的机会，买上可口饭菜八大盘，另加多样营养品，并备红包，到病房与患者吃团圆饭，事迹感人。

声声鞭炮震长空，
别样情怀雪可融。
温暖病房开笑面，
于冬深处见春风。

张桂梅

（江苏）宋善岭

誓把山区穷女孩，
全都请到学堂来。
师资紧缺心尤急，
经费难酬自不哀。
踏破三千荆棘路，
育成十万栋梁材。
纤身更有铿锵语，
未死必须登讲台。

千秋岁·情暖江苏

（江苏）王川海

荷馨鹭舞，治世多柔抚。
恤残策，扶贫举。
善资捐困厄，红日驱寒雾。
灾何惧？春风化作宜时雨。

慈惠工程巨，“幸福家园”固。
乐业曲，安居处。
莫愁湖水碧，党泽苍生护。
讴嘉世，同心筑梦康庄路。

卜算子·敬老院中年货送

（江苏）冒有祥

几篓肉和鱼，几篓时蔬果。
再踏三轮园圃前，摘个鲜花朵。

大爱岂能忘，年货排周妥。
敬老院中欢笑长，日子同红火。

纪念南通大学已故教师“莫文隋”

（广东）苏　俊

雁过何须故作声，
云归元自一身轻。
杏坛留得真情在，
长使人间重假名。

注：南通大学已故教师汤淳渊以假名“莫文隋”资助贫困学生完成学业，事迹被广泛报道，全国闻名。南通大学成立“莫文隋基金”“莫文隋志愿队”等以延续其精神。

慈善事业颂

（江苏）严荣德

慈心怀众庶，
善举济恫瘝。
为恤贫和弱，
何论苦与艰。
情深深似海，
义重重如山。
大爱无疆界，
花开遍宇寰。

注：恫瘝，亦作“痌瘝”，读“通关”，指病痛、疾苦。

古风·慈善总会颂

（江苏）颜玉华

小序：《江苏省慈善总会2020年工作总结和2021年工作安排》，全面地总结了一年来的工作成绩，并描绘了新一年再上新台阶的蓝图。读后令人振奋，深感用四行绝句或八句律诗，实在难以赞颂到位，于是运用古风体裁，作《慈善总会颂》，聊表敬意！

矢志为民一流争，奋发有为勇担当。
疫情防控闻令动，冲锋在前赴战场。
应急机制启动快，责任明确重担扛。
积极募捐筹善款，火速行动昼夜忙。
规范运作专账管，依法依规程序详。
精准扶贫新突破，助力全省奔小康。
大病保险赢赞誉，雪中送炭省嘉奖。
高效利用一日捐，春风化雨争荣光。
为家充电送温暖，千门万户喜气洋。
光彩事业伸援手，贫困人家住新房。

品牌项目再发力，救助规模非寻常。
网络捐赠成效大，乐善好施美名扬。
携手合作广覆盖，服务为本活力彰。
文化宣传迈新步，论坛举办好主张。
慈善文化校园进，示范引领欣启航。
四型组织宏图展，再续江苏新辉煌。

踏莎行·江苏省慈善总会公益计划

（广西）罗陆艺

同享阳光，童心筑梦，
爱心总与关情共。
弱苗扶助赖施肥，园丁慈善音容众。

课桌书包，金施物送，
一针一线鸿毛重。
集多总会积丘山，梧桐画壁升龙凤。

赞无偿献血者孙晓建

（江苏）王加华

缕缕真情暖万家，
无私大爱化金霞。
流丹一管三春雨，
多少枯枝又吐华。

七绝·助老志愿者

(江苏)仝艳艳

红衫来去比织梭，
笑语炊烟踏上坡。
夕景与君留剪影，
披摇星子满心窝。

赞江苏省慈善总会

（北京）卢冷夫

慈心似水济清贫，
涓滴生成力万钧。
独善岂能空自养，
为民终望愿同春。
青云聊尔思甘露，
大道优哉明至仁。
有爱无忧长解困，
小康路上梦翻新。

赞江苏各地为武汉无偿献血志愿者

（江苏）姜立新

根根针管楚城连，
热血长河共使船。
忽见碧空黄鹤舞，
冰心大爱可擎天。

赞“江苏好人”、泗阳县阳光爱心协会会长邱晓梅

（江苏）单士前

晓梅偏弱树，
大爱化辛酸。
玉露滋枯朵，
丹心裹老残。
蓬门培杞梓，
冷牖暖病单。
一缕阳光烈，
多家别馁寒。

三　入围作品

慈善事业步步高

丁小禾

慈仁相傍有贤良，
扶困治贫喜瑞祥。
助弱帮残舟共渡，
倾情奉献爱同堂。
募捐公益呈珍果，
致富携持赶小康。
善事佳方酬壮志，
泽民伟业竞辉煌。

感动江苏之慈善家

丁凤萍

殊荣榜上诸君见，
善举从来抱素襟。
熠熠金沙能聚塔，
丝丝细雨亦成霖。
帮残助教扶贫困，
济世怀诚献爱心。
当使仁风扬万里，
一江南北响鸣琴。

有感乡村居家养老

万俊敏

留巢数媪翁，
享乐画楼中。
琴响升平调，
诗吟敬老风。
品茶言远近，
对弈角雌雄。
放眼轩窗外，
余晖一抹红。

鹧鸪天·咏江苏慈善之星陆永华

马洪波

饮水思源福祉求，
时将家国记心头。
力除偏远民生苦，
勇解黉门学子忧。
安光伏，献良谋，
脱贫脚步未曾休。
灾区遇险施援手，
慈善倾情数一流。

江城子·汉阴助学

马建华

初心之路若行舟。
逆江流，岂能休？
秦水巴山，千里雁痕留。
愿作慈乌长哺乳，
纹额老，鬓霜稠。

山乡学子弄心柔。
早持钩，晚牵牛。
寂夜灯寒，惟有月绸缪。
今把江南春一叠，
云天外，付银鸥。

慈善吟

马建勋

上善本如水，其泽润万方。
一视无他别，仁心化甘棠。
解济驱寒苦，大爱自无疆。
赠人玫瑰后，素手亦留香。
善举倡嘉行，厚德春风暖。
有爱天涯邻，无爱咫尺远。
携手你我他，心与心相挽。
举城共匡倡，鸿业昭烜烜。
文明应盛世，慈善振江苏。
倾心助贫困，勠力扶寡孤。
急公且好义，为善鼓与呼。
感恩点滴聚，涓流汇泽湖。

鹧鸪天·为抗震救灾捐款

马骏英

列列长龙不见头，
心急难等我亲投。
持家诸事滴涓水，
抗震全局汇巨流。

平日俭，紧时悠，
解囊慷慨不踌躇。
但求送去一份爱，
能为灾民煮碗粥。

天仙子·咏大茅岛护士吴雪（双调）

邓仲锦

细雨霏霏勾旧忆，
茅草丛生荒甸寂。
当年志愿勇担当，
东风挹。桃花植。
枯木回春凭毅力。

快艇掀波驰似镝，
转眼前头孤岛晰。
白衣天使又回来，
人欢极。声交织。
最美心灵谁不识？

注：吴雪，中山市大茅医院护士，其于2009年申请志愿来到大茅岛，在大茅医院这个特殊的工作岗位上，默默坚守，以个人的力量，改变着麻风病人的命运和生活，被人们誉为“心灵守护者”，获评全国卫生系统先进个人。

鹧鸪天·江苏慈善事业赞

王　冬

助老扶孤数未穷，
千秋美德耀苍穹。
真情日暖消冰雪，
大爱春浓布绿红。

慈作雨，善为风，
经年沙漠变葱茏。
和谐社会欣添力，
好梦同飞玉宇中。

致敬乡村扶贫工作者

王　勃

一程风雨一程沙，
使命肩担百万家。
泥脚踏来春似锦，
琼楼造就玉无瑕。
香飘富路新村梦，
人醉丰年大碗茶。
笑看神州贫帽落，
青山绿水日光华。

鹧鸪天·赞江苏慈善事业

王　勤

风雨同舟一路行，
姑苏山水总含情。
常携霁月投怀抱，
更起光风保晏宁。

防大疫，尽传馨。
遐音持与世人听。
扶危济急寻常事，
数载何辞肝胆倾。

水调歌头·为中国区域性整体脱贫咏赞

王文中

矢志红船上，匡世解民忧。
于今宣告：根除窘困去穷愁。
数百万人蹲点，坚守深山僻壤，大任挑肩头。
行践千金诺，壮举世无俦。

驻千村，帮万户，找缘由。
倾心竭力，精准施策所期求。
显见丰衣足食，保障就医入学，易地住新楼。
一个不能少，笑语遍神州。

赞江苏助力患病儿童

王日耀

折翅精灵掌上珍，
春风百度润春心。
妈妈一曲穿云石，
铁树开花绮梦成。

注：妈妈一曲，指歌曲《党啊，亲爱的妈妈》。

古风·口罩万里行

王长友

题记：己亥，余为国家某重点科研项目工作赴莫斯科。后项目经费一时不能到位，俄方亦以手续尚不完备为由，限制相关工作，遂到市场摆摊自筹资金维持，以待诸事之决。10 月初由国内发一批圣诞彩灯至莫斯科，不料运输环节出事，12 月底方到货，销售季节已过。运输公司违约，非但不予赔偿，且扣货加价，限次年 1 月底前交费提货，否则没收货物。恰逢国内疫情，口罩奇缺，全球国人、华人纷纷寻购，捐回国内。余遂放弃货物，以所筹运费急购口罩以捐。第一批顺利由国际物流发出。到发第二批时，有商人趁机牟暴利，致俄机场海关严禁托运口罩，各家国际物流快递遂全拒口罩转运，余不得已购机票逆行专送北京，亦在机场受阻。最终感动海关官员，破例放行，到京后分捐数地，方遂心愿。高兴之余，成此不古不今之顺口溜，记此险事、快事。

域外除夕辞猪年，勉依华俗设华筵。
彩灯昏暗座椅稀，菜肴苦涩酒不甜。
搁箸停杯不能食，推窗远望向东南。
不见乡关万里外，满眼风雪蔽天边。

微信连日传信息，报道九州闹新冠。
武汉三镇已封城，毒魔犹自逞凶残。
中华本是一条龙，片片鳞甲紧相连。
抗疫急需是口罩，国人全球搜寻遍。
莫城华人乡情重，家家药店排长串。
雪深冰滑寒风紧，紧寻一店又一店。
城里家家都脱货，顶风冒雪郊区转。
朔气飞刀屠旷野，青松亮剑怼寒天。
有人囤货待价沽，小店开在松林间。
拉开帐幔白花花，一排至宝亮眼前。
更有新货在半途，夜半有望都到全。
忙请主人快开价，主人语塞口难言。
面红耳赤几嗫嚅，终于伸手把指扳。
大箱小包细细点，算来卢布几十万。
只恐天明有人抢，连连点头先拍板。
货主闻言满脸笑，捻指示意快结算。
年前到货过时节，运商加价扣货柜。
道是一月不交款，货物没收充运费。
年后从来生意淡，日日辛劳把钱攒。
朝迎晓星起五更，晚顶寒月往家赶。
积得钞票几大叠，掐指快够运费款。
运商日日电话催，声嘶力竭不容缓。

口罩本是小物件，一朝奇缺成宝贝。
货物难舍疫情危，国难当头民命贵。
为纾国难解民瘼，抛却血本扔货柜。
运费悉数交货主，抢得口罩挡魑魅。
马不停蹄寻物流，远近大小挨个求。
好话说尽万万千，处处摊手加耸肩[注1]。
物流近旁有小店，兼营口罩买卖欢。
店主瞥见车上物，笑端热茶来搭讪。
道是口罩全售罄，愿出高价把货盘。
又道物流路不通，急货岂能窝手中?
疫情过去贱如草，及时脱手有利赢。
方寸正乱无主张，又接微信报疫情。
十万火急不容等，决意逆行送北京。
店主闻言直摇头，瘦脸笑容透阴冷:
有钱不赚何其傻，货去钱来烦恼净。
况复国内疫情险，富豪纷出保性命。
何苦舍命博虚名，身在境外是侥幸。
店主狡言足乱心，告别店主主意定。
驱车百里赶飞机，匆匆排队交行李。
大箱小包过关闸，一一开看查仔细。
解衣擦汗正喘气，关吏喝令全退回。
方悟快递皆拒收，原是海关有新规。

可怜一片热心肠，火炭霎时成冷灰。
面朝关吏苦相恳，声音打颤泪雨飞。
祖国一时遭毒劫，男儿焉可不尽力。
况曾求学在江城，江城遭魔心相系。
梦绕白云黄鹤楼，鹦鹉洲头风波起。
关吏旁视不一顾，挥手催促快远离。
来时恨不一步到，折回寸步也难移。
海关红线如铁壁，空费财力加心力。
手抚关线五内焚，只恨肋下无飞翼。
大厅挂钟转无声，短针慢走长针疾。
分分秒秒扎心头，已是举牌关闸机。
最后关头目关吏，关吏皱眉闪迟疑。
凝眸审视白头翁，心急火燎何苦凄。
眉角白发贴皱纹，汗水泪水纷纷滴。
忽有同情恻隐生，努嘴摇头并嘘唏。
一时心跳齐喉嗓，不知让进或驱离。
关吏见状频招手，叮嘱快进莫误机。
紧交行李喜若狂，登机胜过登天堂。
一夜航程到京城，京城抗疫斗志昂。
入关赶紧寻邮局，绿色柜台闪油光。
掌柜自有铁饭碗，正眼不看脸挂霜。
道是货物多又杂，十天半月难到达。

网上赶忙搜信息，手忙脚乱心头急。
找遍东西南北中，得知营运有顺丰。
候机楼内无分店，相约交货在桥东。
肩背手提双膝推，踉踉跄跄雪里行。
遥见路边一辆车，顺丰小伙笑相迎。
问道发往何处去，一时语塞未出声。
目标只是捐国内，连日奔波脚未停。
到底是要捐何处，何地何人皆未明。
小伙提议可直捐，只消提供目的地。
当场议决分几份，一一打包填地址。
一份捐赠给母校，恰在疫情风暴里。
日夜思念导师恩，借此一表学子义。
一份捐给原单位，聊尽属下一分力。
一份寄送到故乡，父老关心情义长。
一份寄送到工厂，工人正待复工忙。
一份寄送解放军，保国救灾是栋梁。
天南地北搭配成，胶带层层密密封。
写上殷情捐赠语，共克时艰此心同。
手指冻僵难握笔，歪歪斜斜不成形。
更有寒风呼呼吹，运单票据转飞蓬。
交割完毕天向黑，付却运费囊已空。
不愁今宵宿何处，且喜口罩已出征。

飞奔疾行到前线，捎去游子一片情。
目送顺丰顺风去，始虑食宿与返程。
腰酸背痛口唇干，空箱空包空腹鸣。
连夜赶到东直门，饭铺旅店歇营生。
渔阳酒店楼入云，灯火辉煌诱行人。
一夜资费过千元，不是我辈可栖身。
转街串巷胡乱走，期待花明又一村。
天明便是元宵节，本当热闹乐纷纷。
怎奈疫情霸长街，拖住严冬挡住春。
皓月当空洒寒光，空照街树不照人。
忽见一家窗口店，小食琳琅香气喷。
大饼咸菜家乡水，寒夜吞来口口亲。
掏出手机来付款，电池耗尽屏不闪。
搜遍口袋有硬币，不曾出丑丢颜面。
告求司机白乘车，一脚来到北京站。
本想候车室里混，无票难入铁栏杆。
游荡长街无去处，忽见站东小餐馆。
门外墙角装插座，小圆凳下细绳串。
喜出望外忙坐下，插上电池且充电。
一时身心俱放松，圆圆国月挂苍穹。
两天两夜未沾床，身疲力尽眼迷茫。
悠悠九尺寒檐下，含笑怡然入梦乡。

梦中举国疫情去，意气风发奔富强。

［注1］俄罗斯人习惯以耸肩加摊手表示爱莫能助。

注：口罩发运后钱款用完，手机电尽，仅余零钱一撮。先到东直门寻住处，以便充电，翌日赶办返俄签证，不料东直门小饭店、小旅馆家家关门。转而想到北京站混下半夜，无票不得进，忽在站东见一家小餐馆虽亦大门紧锁，然门外设电插头，以细绳系一小圆凳。夜深不便打搅亲友，遂在此充电，屋檐下坐以待旦，怡然入梦。小善大德，小惠大恩。“勿以善小而不为”，但愿有更多的人记得并践行刘备此言。翌日余复过此小店，思夜间由此得便之喜乐，特拍照留念。至今感念此小店店主之善且智。若店主能见此顺口溜，敬请受在下一拜。

慈　善

王长城

德雨无声润，
秋收硕果丰。
人间花样灿，
世上梦般红。
唱在名歌里，
传于美誉中。
齐心扬正气，
大爱化春风。

学生收到捐赠书籍

王丹香

爱将慈善几方牵，
多谢阳光把梦圆。
浩荡东风频送暖，
人人手里抱春天。

注：学生参加“阳光工程”每年都能收到慈善机构捐赠的书籍。

鹧鸪天·善举

王世繁

老父工资不算多，
历来勤俭度长河。
居家一日三餐饱，
卖米双亲半月拖。

人爱国，性温和，
诗书到手乐呵呵。
赶场领款未清点，
先助身边残疾哥。

走访凉水河乡清河沿村贫困人家

王会东

盘旋驱百里，
山路瘦如肠。
羊仔咩深巷，
鸡雏立短墙。
揭帘察菜米，
执手话温凉。
日暮别翁媪，
红霞照梓桑。

董事长姜滢寒门行

王兆浚

姜滢，江苏金康达公司董事长兼总经理。江苏省第十届、第十一届人大代表，荣获全国农村青年创业致富带头人、中国优秀企业家、中国经济百名杰出人物、省新长征突击手、省五一劳动奖章和淮安市劳动模范等多项殊荣。姜滢十分关心家庭困难学生的学习问题，十多年来，每年捐资20余万元，帮助农家子弟圆了读书梦，展现了当代优秀民营企业家的卓越风采和慈善情怀。

孤村深寨暑天行，
不了蓬门学子情。
忍泪嘘寒怜弱柳，
欢颜称誉惜琼瑛。
拳拳善款浓浓意，
恻恻衷言漫漫程。
荷月惠风庄户暖，
涌泉当记一儒生。

临江仙·慈善天使

王吉勤

圣手白衣天使降，重盔披甲挥拳。
妙方神力闯难关。
助医添厚爱，慈善募行捐。

病毒高温何所惧，忠诚医德婵娟。
英豪巾帼杏林传。
驰驱多险阻，护佑报平安。

江城子·赞王建荣

王英彪

但行善事已多年，爱心宣，德碑传。
遣去空愁，残腿忘行艰。
全力修鞋不惧老，余生在，忘庚年。

赈灾助学弹凉寒，耄衰肩，素情旋。
济困扶危，心系弄堂间。
闻者唏嘘心万慨，皆称好，赞乡贤。

注：王建荣，男，江苏淮安人。因小儿麻痹症造成下肢残疾，但他经过努力成为一名修鞋匠。自力更生的同时，他时刻不忘兼济他人。汶川地震捐款4000元，雅安地震捐款2000元，云南地震捐款1000元。他还主动帮助贫困乡亲、学生、路人，零星“碎钱”化作点点爱心，温暖身边人。

水调歌头·天池坝易地扶贫参观后

王星汉

往昔深山里，却也远红尘。
寒岩长住门户，不是炼丹神。
石缝种些苞谷，屋后收些红薯，生计总艰辛。
月出太阳落，三九接三春。

喜今日，新国策，力扶贫。
旅游搞活经济，饭菜可迎宾。
一溜楼房初建，万亩茶园待辟，和睦结乡邻。
要说良心话，才配作诗人。

脱贫攻坚大慈善

王香谷

莫道平湖静如练，
雷鸣电闪骤生变。
有逢危难绝望时，
无力撑持残局面。
赠利犹怀小义方，
脱贫才是大慈善。
劫波渡尽喜春风，
满目青山今又见。

赞一位带病投身慈善公益事业的女志愿者

王贺军

常年何事走西东，
大爱于心作义工。
抱病访贫披晚月，
带头捐款募春风。
几多家事抛身外，
千里山村系梦中。
最喜孤儿含笑唤，
声声妈字感由衷。

守到花开

王喜飞

一念每牵肠，
寒门最易伤。
及人兼老幼，
愧己怯炎凉。
慈水滋生意，
春风衍细香。
花开应有信，
相识莫相忘。

歌恒力集团董事长、总裁陈建华

王继荣

诞在吴江立志坚，
集团管理总争先。
得来妙策开新局，
献出真情著锦篇。
六亿多元捐向国，
五千年史继于贤。
扶贫助学观恒力，
慈善文章美梦圆。

颂江苏省慈善总会助学大爱

王雪亮

如蓝江水好风光，
时有春风入草堂。
生在寒门勿遗恨，
莫为斗米弃文章。
从来慈善非图报，
唯愿学成作栋梁。
文和武安天下事，
功名身后望柴桑。

乡　贤

王荫昌

半路常扶老，
全年总助残。
凡人多小事，
社会艳阳天。

说慈善

王善同

慈航万里作弥陀，
倡善黎元一曲歌。
募以春风抚冬创，
施将澍雨拯珍禾。
富家敛侈功居伟，
贫者收安乐剩多。
怜悯心教天朗润，
神州山水自婆娑。

“江苏慈善杯”诗词大赛志愿者结对帮扶孤寡老人

王播春

冷暖同谁说，
孤逢孝道遵。
开怀窗有笑，
细扫室无尘。
一桌团圆饭，
几多天地春。
中途连血脉，
从此是家人。

破阵子·慈善事业颂

牛俊人

民计民生在眼，一枝一叶关情。
慈似阳光长送暖，善逐春风但竭诚。
浩然天地清。

老病千家喜气，贫寒万室欢声。
尽使禾苗迎雨沐，恒得葵花向日倾。
人人享太平。

【中吕·山坡羊】慈善超市赞

——孤寡老人的幸福生活

牛根科

今天一样，明天一样，
送粮送菜家中放。
怕着凉，怕跌伤，
偶然生病勤察望，买药请医忙半晌。
咱，福尽享；咱，感谢党。

有感于江苏省慈善总会救助重病患者

毛瑞花

岁岁年年信守真，
用心做事不欺人。
浓情可解千家苦，
大爱能通万古仁。
为使苍生无病痛，
借来活水济芳春。
慈悲问处清风起，
扶起世间多少贫。

张桂梅

毛德慧

滇西绽放那枝梅，
灼灼春晖耀讲台。
数十年光圆一梦，
万千心力育群材。
欣看学子功名满，
不惧病身风雨摧。
坎坷生涯何足道，
愿为蜡烛尽成灰。

西江月·咏慈善

左朝芹

济弱扶贫人念，助残行善心宽。
苍生社稷总萦牵。
只盼世间向暖。

一地受灾遭难，八方赈救驰援。
心泉春露意相连。
大爱真情无限。

金缕曲·慈善

卢象贤

慈善寰中贵。
苟无斯、公平谁主，忠仁谁继？
和世淳风天都羡，道德原为所系。
纵多难、人心不畏。
信竭礼衰皆自顾，便金川、挤满难为济。
风雅尽、馀钱币。

文明时代知行止。
正三观、修身养性，淡泊名利。
乐善好施甘奉献，便是高明智慧。
播新绿、春风细细。
次次无私捐助里，照心灵、显出人生义。
行慈善、光荣事！

抗疫志愿者

叶子金

雪野抱薪难计程，
慈云指路爱燃灯。
纵教口罩遮颜面，
但有心碑刻姓名。

喜看江苏省慈善事业取得新成就

叶兆辉

慈善成宏业，
江苏可为师。
乐施犹秉义，
纾困且扶危。
特色兴吾国，
丹心向党旗。
同舟风雨济，
举世仰高姿。

咏赞江苏慈善事业

叶金生

慈心济世胜弥陀，
善举为民最可歌。
拯救伤残离困苦，
帮扶孤寡解疲疴。
雪中送炭寒人少，
灾里捐资暖意多。
大爱江苏欢洽洽，
同收幸福一箩箩！

赞江苏慈善扶贫助学兼寄莘莘学子

丘尾菊

助贫何惧路途长，
但许青衿志未央。
莫道寒门难逐梦，
春风过处有书香。

燃灯校长

代丽娜

一灯光烁烁，
燃破夜沉溟。
山女能修业，
泥途遇救星。
骖羸鞭影促，
母爱蕙心铭。
桃李劬劳育，
花开九野馨。

赞江苏省慈善总会

江　晟

浮生非是太平人，
世事难齐遇厄贫。
助困涓涓源活水，
解愁脉脉惠斯民。
慈风吹暖雪中炭，
善雨染青堂上茵。
廉正一帆吴楚阔，
云晴草碧满江春。

鹧鸪天·赞江苏慈善扶贫一日捐

祁国凯

慈善扶贫一日捐，
涓涓细水汇成川。
分明灶火添柴旺，
烂漫山花沾露妍。

情满满，意拳拳。
余香留手尽开颜。
小康路上传佳讯，
扬子江头浩荡天。

题江苏省慈善总会孤儿助学工程

吉铁兵

孤童凄寂弃乡园，
不见儿歌唱丽天。
雨里登程行万万，
村中访户助千千。
爱心总把初心记，
大手还将小手牵。
勿让学堂少一个，
晨读最喜稚声甜。

西江月·慈善

朱 琳

济世利人曰善，忘忧祛病为安。
凄风苦雨一何难，红日驱云光灿。

种杏为医哀痛，悬壶亦助伤残。
众生高枕好成眠，适此天慈初愿。

开学季慰问贫困学生有感

朱维宾

杨柳依依碧水新，
晓风萌动悦花人。
谁言秋色易衰败？
九月江南仍似春。

慈善痴人歌

印建生

张忠泉，江苏东台人，中共党员。江苏建兴建工集团退休工人。先后被授予江苏省先进工作者、江苏省劳动模范、盐城市道德模范等荣誉称号。张公一生省吃俭用，行善积德，人称“慈善痴人”。

盐阜红花艳，岁岁春来喧。时代有模范，善行动人寰。
平凡劳动者，伟人名忠泉。出生农村里，成年进车间。
春池夜长萍，春晖百草欢。拳拳当劳模，耿耿为党员。
勤恳半世纪，行善五十年。念念一心意，善道百年传。

忠泉入建兴，学做修车工。正逢党号召，人人学雷锋。
早晚不休息，时间挤隙缝。做完本职事，杂活一人充。
工地有任务，带头往上冲。同事遇困难，抢先腰包松。
假日街头上，无偿忙匆匆。六三饥荒岁，首捐慰军功。
陕甘有大灾，人微先动容。悄寄整三十，署名叫雷锋。

须知当年薪，一月廿多元。一发不可收，经年献耿忠。
几百资小难，几万助大公。五十春秋过，捐单一箱笼。
有人为其计，总共几十万。衣底一千整，党费留到终。
为人一世赊，为己一生穷。凡人终难解，笑称一痴翁。

曾有记者访，寻到张家门。孑孑一孤老，退休住小城。
床上千衲被，灶上咸菜根。住所何窘迫，衣着何飘零。
家空无所有，清苦使人惊。问其妻何在，说是有相争。
嫌其不聚财，怨其不疼人。三言两不合，带女背向行。
问其何太苦？问其何所求？却言无所求，却言无所争。
旧衣能保暖，饭粥足养生。亦非缺钱花，岁有养老金。
但为身在党，但求国家兴。若是民有难，犹当献忠诚。
句句心里话，字字金石声。言毕掩门去，要去捡废品。
西风吹白发，骨梁铁铮铮。望其背影远，问者热泪盈。

纵湖宝塔耸，串场碧水流。斯人长去矣，美名永相留。
范公堤上树，岁岁枝叶幽。善道自然和，天地记善筹。
当年受惠童，如今击中流。常忆先公恩，学为天下忧。
云飞长眠处，岁岁菊香稠。自有后来者，无私写春秋。

（张忠泉事迹来自盐城好人馆馆藏资料）

慈善吟

任家潮

一方有难八方援，
大爱人间善念存。
德雨仁风春万树，
文明久驻美家园。

江城子 · 支教老师

华　芳

初心已赴小村乡。
醒朝阳。逐花香。
育树殷勤，学子润衷肠。
莫道清贫须历练，
甘寂寞，弃轻狂。

大山深处续新章。
不推搪。勇担当。
且共襟怀，尘世写辉煌。
漫听读书声朗朗，
春一曲，满庭芳。

金缕曲·赞江苏慈善事业

向　丽

鼓舞歌慈善。
望江苏、金陵牯岭，爱心霞粲。
鳏寡伤残春温送，孤独嘘寒问暖。
携天使、驱除疾患。
济困扶贫兼助学，播阳晖、湛露芳丛绽。
强富美，瑞香遍。

龙盘虎踞情何限。
共寰球，一带一路，共同体建。
探宇神舟空间站，北斗钟山天眼。
挟四海、飞觞流转。
不怕天狼成阻隔，待人间、涤尽仇和怨。
丝带结，道同贯。

注：牯岭，指南京牯岭路，江苏省慈善总会所在地。钟山，此处指紫金山天文台。同贯，犹一体。下片赞江苏省慈善总会在国际上的贡献，从广义理解，构建人类命运共同体是最大的慈善事业。

慈善捐

刘　涛

人生难免蜿蜒路，
手手相牵处处春。
向善从来无大小，
一分硬币也情真。

“心悦晚霞”项目激发晚年老有所为

刘　强

助老扶贫送暖潮，
苍颜不必叹空巢。
心灵保姆呵康健，
情感专家有妙招。
姜尚钓波能灭纣，
廉颇尚饭敢披袍。
黄鸡岂晓鸿鹄志，
应唱江南茉莉谣。

注：黄鸡，化用苏轼“休将白发唱黄鸡”，句意为不必感叹岁月流逝，应该老有所为，安享晚年。

慈善春风醉江南

刘义志

梅花万里糕如蜜，
鱼米江南发展忙。
强富美高承特色，
和谐清正谱华章。
人间博爱湖山醉，
天下无贫翰墨香。
乐善有恒成大业，
春风扑面韵悠长。

赞慈善事业工作者

刘立国

庥民利国聚群贤，
一片丹心可鉴天。
助老助孤慈是本，
扶贫扶困善为先。
悬鱼渡虎凭情智，
破壁拔旗赖志坚。
解难分愁思报效，
弘扬功德自赓传。

注：

1. 悬鱼，典出《后汉书·羊续传》，喻居官清廉，不受贿赂。
2. 渡虎，典出《后汉书·宋均传》，称颂地方官政绩卓著。
3. 破壁，典出《历代名画记》，谓冲破束缚，有所作为。
4. 拔旗，典出《史记·淮阴侯列传》，谓取得胜利。

阮郎归·大爱无言

刘艾玲

看到唐粉英二十岁便力排众议收留并悉心照料孤残儿童六十余年，如今又将爱心接力棒交给了儿子的事迹，有感而发。

寒宵夜月似当年，
梭巡村落间。
闻啼声处泪凝咽，
揽怀小手牵。

风兼雨，爱和怜，
抚孤岂畏难？
儿今蒂结弟兄缘，
义声代代传。

鹧鸪天·灾后重建感赋

刘江岳

长卧清波莫是虹？
是虹何不霁而空？
梭飞三载家添锦，
网织千村路绕峰。

灾不垮，富帮穷，
民心但与党心同。
浩歌一曲康庄颂，
画卷铺开似梦中。

江苏省慈善总会咏

刘光和

全面小康功告成，
地头墙脚不收兵。
细声润物民消渴，
大爱暖心伤抚平。
志智双扶贫帽绝，
鱼渔两授富源生。
身残新插凌云翼，
自立他行你也行。

阳光助学行动

刘成卓

爱洒阳光十八年，
人间暖照一方天。
青春有幸云程举，
赤子无忧学梦圆。
璞玉得雕成大器，
良才以育谱佳篇。
善行接力仁心汇，
长使真情代代传。

注：“阳光助学行动”是江苏省慈善总会发起的资助江苏省内部分家庭贫困、品学兼优的大学本科录取新生的项目。

望海潮·慈善新咏

刘建平

善行千古，德融三界，苍生守望慈航。
商圣散财，东坡赈济，大峰慨助桥梁。
少穆筑渠长。更先忧社稷，仁义捐庄。
不朽英灵，春晖烛照势无疆。

传承大爱之光。正贤明时代，善帜犹扬。
扶弱济贫，孤残惠泽，晚霞心悦琼浆。
天道载良方。喜多元造福，岂辱担当?!
无恙河山，群葵璀璨向朝阳。

注：

1.“商圣散财”指春秋末期的范蠡，功成隐退经商，巨富后三散家财救济穷人，被后世誉为“商圣”。其善举《史记·货殖列传》有记载。

2.“东坡赈济”指北宋的苏轼，号东坡居士，在各地任职时，创设病坊，收养弃婴，用家财赈济流民。

3.“大峰慨助桥梁”指北宋的大峰祖师，其一生专注于修桥为民的慈善事业。

4.“少穆筑渠长”指清代的林则徐，字少穆，鸦片战争后被流放新疆，在伊犁捐款兴建了龙口渠，为百姓造福。

5.“更先忧社稷，仁义捐庄”指北宋的范仲淹，倡导先忧后乐思想，赈灾救民，创设义庄，捐建府学，竟无家产留给子孙。

论慈善

刘筱倩

心中有爱种谁家，
聚满芬芳折朵霞。
手捧清香温夜色，
日行小善发春芽。
施仁化尽门前雪，
解困催开石上花。
一束光凝千里路，
汇成希望向天涯。

慈善名片亮江苏

江先金

扶贫济困下功夫，
汗化琼浆草不枯。
温水含情融白雪，
新枝吐翠挂明珠。
诗篇月满传朱户，
富贵花开入画图。
慈善楼台何所有？
一张名片亮江苏。

助学圆我梦

汤俊峰

名题金榜上，霎喜转愁中。
十年寒窗梦，一朝学费穷。
椿庭遭变故，资蓄即掏空。
闷闷思孤月，呆呆望暮鸿。
仁慈情至善，捐助德昌丰。
近日乌云散，离忧仄路通。
宽心如雨露，慰我似春风。
起点从今计，书山负笈攻。

慈善江苏

安　杰

六朝金粉昔繁华，
谁送暖阳到小家？
仔妹复学金不换，
阿婆出院泪生花。
源头好水来市场，
身后高山是国家。
脱去贫穷层层网，
千年枯树已生芽。

临江仙·咏慈善事业

安燕梅

寸寸慈心济世，些些善举为民。
千分关爱重千金。
可拦时疾闹，能遏水魔临。

扶起汶川摇落，推开青海翻新。
菩提非树是知音。
人间多种难，天下万家亲。

行香子·江苏省慈善总会成立十六年感怀

许名同

曲水氤氲，双塔凌云。
凭挥洒、霞满黄昏。
长街汗水，里巷生民。
对誉言笑，直言赞，心言亲。

业崇兴善，情溯慈恩。
回眸处、灯火家村。
行行心迹，浅浅屐痕。
叠几分乐，几分梦，几分真。

赞特养中心教师

许国其

世间存大爱，
胸内有苍生。
耿耿孤儿乐，
拳拳慈母情。
起居诸事细，
教学尽知倾。
根小成嘉树，
全心亦竭诚。

定风波·献给残疾人朋友

邢建建

世路无言味最长，隔帘花叶亦生香。
冬日温情来角落，须握，春风吹雪绿依墙。

演绎不同犹美好，微笑，也能奋斗也能强。
纵有高山能挡路，何惧，行云在上自疏狂。

浣溪沙·岁末村支书送年货到孤儿家

全凤群

雪舞苍穹又近年，
李家姐弟破衣单。
风吹四壁更生寒。

院外忽闻柴犬吠，
门中已有肉香传。
送衣送物好村官。

【仙吕·寄生草】慈善吟

阳光学

一念持把苍生济，万人行将素望齐。
阳春染得吴山翠，清秋稔作丰年瑞。
红尘畅有烝黎醉。
彼芳华岂赖梦生成，者宏图乃是心描绘。

栖霞山读枫阁听人谈江苏慈善

孙 群

读遍山坡何色浓，
霞栖岭上染丛丛。
秋枫已赛寻常艳，
一沐丹辉更觉红。

近　邻

孙亚非

四海今俱尧舜民，
助人为乐气清新。
孤贫老病其何奈，
问暖嘘寒有近邻。

临江仙·记“圆梦助学”平台工作人员家访

孙运才

电话年年年底到，殷殷询问孩童。
还思亲见访家中。
进门才一笑，春气已和融。

未及多言先戏语，读书应不轻松。
谆谆勉慰尽由衷。
起身街巷去，映雪腊梅红。

题慈善事业

孙金山

造福苍生作善缘，
拔灾救苦有英贤。
精神但在心中守，
德业何妨世上传。
仗义来援如火急，
竭诚筑梦比金坚。
良知仁爱为灯烛，
照亮人间千百年。

题江苏慈善事业

孙新新

善雨慈风里，
春光处处鲜。
老来登蔗境，
困去醉花天。
苏北山腾马，
江南水奏弦。
一支真爱曲，
唱出百花妍。

向善而行

纪晓榕

孔尚鸿蒙催暖律，
行知千古与文章。
崇仁自秉初心在，
向善而歌大道扬。
德泽沐兰纫有佩，
慈怀饮水爱无疆。
葱茏草木春秋盛，
锦绣山河放眼量。

赞江苏慈善

花爱艳

企业牵头慈善举，
坊间合力爱心匀。
若风吹绿大江岸，
化雨滋苏困户春。
德种八荒黎庶睦，
澜安四处画图陈。
百年愿景蓝天下，
一卷青笺日日新。

慈风永驻

苏泉语

锦上添花谁记得？
雪中送炭暖冰心。
沉舟再渡能借力，
病树回头也送春。
泪洒悲尘无限爱，
胸怀善念几多亲？
金陵千古遗风在，
万里长江济世贫。

鹧鸪天·爱心捐赠歌

杜天明

穿上棉衣格外亲，
一双大手带风尘。
日头脉脉贪新色，
笑意殷殷若故人。

安代舞，红领巾。
张张笑脸性情真。
十分关爱十分暖，
这个冬天无限春。

破阵子·山村公益图书室

李　芳

种子扎根圣地，书香浸润山乡。
山雀学鸿初立志，举翼穿云万里长。
点燃梦远航。

倡阅捐书万卷，倾心送爱无疆。
百里环山恒水砺，顽石精灵也放光。
人人向太阳。

养老院做义工感作

李　朋

开敞门窗迎旭日，
忙擦桌椅汗如川。
快时拖把当枪舞，
净处瓷墙作镜观。
阔论古今多趣事，
闲嘘冷暖对苍颜。
频频笑语传声远，
快乐原来很简单。

临江仙·咏江苏省慈善总会

李小英

照亮穷途灯一盏，时光凝贮温馨。
人间但许少悲声。
愿将涓滴露，汇作爱河盈。

长使浮生希望满，何妨荆棘前行。
慈心可渡浪风平。
莫言多遗恨，携手壮新程。

水调歌头·驻村扶贫干部

李玉洋

沐浴南湖月，抱定井冈魂。
僻村穷角，自有舒沁暖风春。
种下初心种子，结出农民笑脸，不让一人贫。
党嘱扛肩上，旗色护灵根。

踏风雨，戴星月。不计辛。
走家串户，一任豪气洗浮尘。
朝送大棚经验，夜议铺宽门路，共建小康村。
归去回眸处，日照万山新。

沁园春·致江苏慈善事业

李四新

百代炎黄，大爱慈温，大德善仁。
赞江东江左，送医助学，苏南苏北，解困扶贫。
敬老恤孤，捐灾救急，善举中华继有人。
真情送，奋舟船共济，冷暖同春。

允恭克俭修身。助贫弱拳拳义至真。
倡上忧政府，匹夫有责，下纾民众，君子无垠。
弱水一瓢，九阳遍地，华夏丰强美富春。
初心在，更援手家国，秉义黎民。

扶贫即景

李传春

斜径草花扑面新，
蝶蜂引路至家门。
阿黄欢吠报佳信，
又到扶贫回访人。

赞扶贫新建山区小镇

李行敏

好山好水净无尘，
花木扶疏鱼鸟亲。
孔雀神墩留胜迹，
戴家老铺焕青春。
思乡游子频萦梦，
闻讯渔郎数问津。
生态优良人气聚，
文明集镇景长新。

临江仙·雪中赴山区为留守儿童送御寒衣

李军英

自在飞花犹烂漫，纷纷扑面清凉。
盘盘云路动柔肠。酷寒何所惧，笑语说寻常。

惟念稚童身影瘦，步行偏远山乡。
茫茫村野泛红光。欲将燃雪尽，融暖入心房。

注：红光，指义工穿的红马甲在雪地中相映。

题“徐州的保尔”郑复生

李如意

身世遭逢已不经，
程前依旧万山青。
衰颜惯自镜中老，
侠骨多从剧外听。
昨日初心惟寂寞，
从来大义只伶仃。
人间自有真情在，
犹胜银河十万星。

【中吕·山坡羊】赞江苏慈善事业

李宝翠

扶贫济困，爱心施赈，
嘘寒问暖忒亲近。
助孤身，救灾民，
添薪送炭春风润，
乐善好施知大美。
立言，穷去根；立行，知务本。

赞磨刀老人吴锦泉

李声满

遥望依稀背影驼，
当街犹响旧时歌。
一条长凳风来往，
双面寒锋雨切磋。
硬币相量情愈重，
单车独驶梦堪驮。
平生未试铅刀割，
烦乞先生为打磨。

注：吴锦泉，江苏南通人，耄耋之年仍在坚守磨刀这门老手艺。而更可贵的坚守，则是数十年如一日，将磨刀积攒下来的一枚枚硬币，捐给灾区和慈善机构。他每月生活费不过300元，夫妻俩至今仍住着三间破瓦房，而捐出善款却超过了4万元。“磨刀老人”业已被注册为江苏省首个公益商标，“磨刀老人微公益基金”专门用于帮助特困老人、贫困学子。截至目前，基金共收到各界捐款200多万元。吴锦泉先后荣获第七届中华慈善奖、全国社会扶贫先进个人、“感动中国”2015年度人物等称号，荣登“中国好人榜”。

“谎　言”

李克俭

2021 年 3 月 20 日《扬子晚报》载：残疾老师“爱的谎言”说了六年，原来一直以来的资助者并不是“企业家”，而是自己的老师！

薄薪俭省助成邮，
隐姓倾囊暗解忧。
知是谎言从善举，
心弦一触泪奔流。

咏慈善

李利坤

春阳处处显温柔，
羡煞当年万户侯。
生计人身曾受苦，
惠风善政已销忧。
开颜同庆垂衣治，
含哺相熙鼓腹游。
孔孟施仁难及此，
黎民带笑醉觥筹。

咏希诺阳光助学行动

李佐钦

分光凿壁更谁经，
敢为寒生共聚萤。
莫道青辉难照远，
明朝相看满天星。

水调歌头·题扶贫工作者

李改香

沃野画图美，结对插青秧。
几番挥洒汗水，身影往来忙。
传授兴农技艺，搭建创收渠道，助困有良方。
拓展新思路，早日步康庄。

倡新风，行富路，送阳光。
嘘寒问暖，恰似甘露散芬芳。
且看慈心善举，化入江南烟雨，泽润稻花香。
弥望禾千顷，春色满渔乡。

江苏慈善赞

李沛翔

江苏有力筑花房，
聚贤纳才扶四方。
犹记长手挽残木，
常招热泪盈窄眶。
心蕊逢幼初熏暖，
慈爱伴老晚照光。
不羡蓬莱一寸地，
众捧琼浆善流芳。

参加慈善活动抒怀

李贤君

月缺月重圆，
人生顺自然。
风云何必道，
灾祸不期悬。
送炭消冰雪，
留香拨管弦。
慈行多积德，
善举爱无边。

临江仙·为江苏省慈善总会点赞

李金娥

利析秋毫从未止，行来如播春风。
仁怀布善寄初衷。
积多情不断，筹少意无穷。

十六年华诚信满，爱心传递留踪。
助民解困赖群雄。
铺开千顷碧，托起百花红。

慈孝吟

李建永

偶染病疾不怠慢，
一碗羹汤侍榻前。
椿萱并茂桑梓荫，
福寿贤懿誉世间。
勤为典范兴家远，
孝作家书立信先。
问心无愧天与地，
尊老奉亲万代传。

大　善

李建东

撕云崩坼泄洪荒，
无敌宇寰真栋梁。
轻拂肩头薰火色，
略祛腮上俗尘妆。
孤寒劲草战虫疫，
浩气惊涛驱虎狼。
立地顶天期大善，
献歌一曲话沧桑。

赞盱眙教体局离退休党支部慈善捐赠活动

李厚仁

初衷不忘爱弥深，
纾困常萦赤子心。
捐罢衣衫捐钞票，
一腔热血化甘霖。

情暖江苏

李素芬

甘于奉献惠乡邻，
襟阔倾囊大爱珍。
无悔效贤凭善举，
不求回报去埃尘。
东风助力千家福，
时雨滋花万里春。
护梦祥云常作伴，
德高始在运金轮。

注：春节是中国最隆重的传统佳节，但是在这阖家团圆、举国欢庆的时刻，有一些家庭却因为疾病、灾难仍然身处困境。2007 年，江苏省慈善总会联合市、县（区）三级慈善总会在全省发起了“情暖江苏”春节慰问活动，在年根岁末，向城乡生活困难家庭、大病家庭、孤寡老人、孤儿等弱势群体发放慰问金或慰问物资，送上党和政府及全社会的关怀和温暖，让他们过上欢乐祥和的春节，共享改革开放的成果。

行香子·江苏慈善杯吟诵

李顺仁

忧乐相牵，休戚相连。
民胞物与博施捐。
琦行共曲，瑰意同弦。
愿烦心灭，仁心慰，众心欢。

凡尘义举，人间浩气，济弱扶危代薪传。
花扬九域，馥沁诗篇。
赞春时红，夏时紫，四时妍。

公益人王燕与大凉山村小学

李晓茹

瞑色吞山没九垓，
寒天学子望荒台。
车灯微见盘迂上，
知是王妈送暖来。

注：南通“梦田公益连心社”组织人王燕，坚持公益路近10年。与大凉山昭觉县山村小学结对助学，修建希望小学两所，孩子们亲切地称她为“王妈妈”。

庚子冬至日，过海门张謇纪念馆作

李继东

张謇，字季直，号啬庵。通州（今南通）海门人，清末状元。近代政治家、实业家、教育家。壮岁辞官办企业、兴学校，厥功甚伟。被誉为“中国民族企业家的先贤和楷模”“爱国企业家的典范”。

儒生经世独超然，
身佩安危志更坚。
把卷放歌烟柳外，
披荆寻路碧山前。
栖栖行止宁非福，
隐隐穷通自有缘。
金榜荣名衣锦客，
几多楷范与先贤？

赞江苏慈善

李跃贤

慈风化雨洒甘霖，
滋物无声漱玉心。
日照寒楼云水暖，
春萦弱柳竹梧深。
高怀向善传千古，
博爱扶贫抵万金。
挽救枯苗倾滆露，
梦圆华夏奏强音。

临江仙·慈善心

李瑞利

慈善情怀心底涌，座中多少英豪？
扶贫济困也魂销。
赈灾民作本，助学话天骄。

聚力和谐来构建，几番奉献辛劳。
大江南北架星桥。
金陵多义举，典范遍城郊。

江苏省慈善总会

杨　焕

吴城依旧岁华频，
十代京都别有春。
直与经书磨日月，
聊将孔庙著精神。
谁言善举非如昨，
独步风骚自出新。
厚德宽仁施万世，
金陵襟抱本天真。

闻郑复生获江苏慈善奖暨最具爱心慈善行为楷模事迹感赋

杨小英

昔染沉疴劳友邻，
病瘉双拐亦加身。
一千余次能忘我，
五十万元犹助人。
携手艰时情义厚，
铭恩盛代雨风匀。
倾心慈善做推广，
载誉原知出苦辛。

鹧鸪天·苗寨喜迁新居

杨永光

栉比楼房秀美颜，
春风送暖院花鲜。
青山见证穷根断，
明月喜闻宿梦圆。

歌荡漾，舞翩跹。
八方云雀贺乔迁。
芦笙奏起迎宾曲，
好客苗家酒代言。

鹧鸪天·张桂梅

杨怀胜

自是平凡追梦人，
甘倾碧血铸师魂。
无私爱化杏坛泽，
矢志时鞭老病身。

肩风雨，恤寒贫。
柔怀铁骨两昆仑。
愿将生命捻成线，
织就中华锦绣春。

双调小桃红·赞扶贫干部

杨寿和

脱贫致富立初衷，体恤民情重。
招出良方誓圆梦，路修通，借鸡生蛋飞金凤。
富苗栽种，穷根铲空，旧貌变新容。

慈善颂

杨定坤

两字植深根，
已融民族魂。
慈航尧舜国，
善满地球村。
政府举旗引，
民间趋向跟。
绵延传大爱，
无意望留痕。

虞美人·江苏最美人物汤崇雁

杨定朝

也曾远嫁重洋去，梦绕神州路。
归来已是廿春秋，岁岁倾情慈善几曾休。

初心自比仙娥美，仆仆风尘里。
褐衣疏食节分文，散尽家财万贯济人贫。

访怡康敬老院刘敏院长

杨海信

风雨奔忙几度艰，
方圆百里美名传。
亭台花木聚清气，
老弱病残含笑颜。
善举如花花簇簇，
仁心似火火团团。
真情不减凌云志，
更展宏图总不凡。

满庭芳·愿承慈善为家风

杨寄华

乐以帮人，谦和慈善，真诚待友仁贤。
笃行先祖，扶困解囊怜。
失火短工留店，婚生子，香火绵延。
穷拼斗，七儿九口，住八室无还。

续前。传后代，潜移默化，心系华莲。
忆得父辈善，重任担肩。
失父表兄收养，保姆老，二叔颠癫。
全家福，同舟共济，大爱记心田。

为江苏省慈善总会作

杨晓波

不求闻达亦风流，
救苦扶难十六秋。
漫积人间千点善，
悄分吴下万家忧。
净瓶柳化及时雨，
雪夜情飞送炭舟。
若问真身何处是，
金陵城里鼓楼头。

注：江苏省慈善总会办公地在南京市鼓楼区。

鹧鸪天·“拾荒妈妈”厉正香

杨彩春

捡废归迟赶夕阳，
三轮车后影孤长。
非亲骨肉作干女，
有难家庭赖寄娘。

侵风雨，视如常。
唯期储罐每天装。
辛劳终有云开日，
学府邮来榜一张。

注：厉正香，女，高邮市卸甲镇金家村村民。2005 年，厉正香参加了“社会妈妈”结对帮扶贫困女童活动，结对帮扶一名 5 岁女孩。当时，厉正香工作收入很低，为了按时资助女孩，她从 2007 年开始通过捡拾垃圾、开办废品收购站赚钱。她在家里设置“爱心储蓄罐”，每天存入 10～15 元，每年为女孩捐助 5000 元左右。2019 年，女孩顺利考入大学。

【南吕·一枝花】扶贫干部

杨碧峰

崎岖狭径行，偏僻西山找。登门磨破鞋，建档累弯腰。暮暮朝朝，境况真情晓，精心细致标。觅良方扶智脱贫，想办法分工确保。

〔梁州第七〕修公路城乡不遥，建学堂老少兼教。惠农保障资金到。蓝图规划，前景勾描。因人施策，因地支招。治荒山壮志情豪，整荒滩倚马才高。（欣望）树枝梢板栗争娇，（近瞅）田埂上彩椒艳夭，（再看）水塘中白鹭逍遥。左瞧，右瞧。扶贫干部常年住，帮困在山凹。甘做牵头圆梦人，重任肩挑。

〔尾声〕脱贫致富欢心道，特产丰收上网销。教育医疗有依靠。慰劳，犒劳，功在千秋颂歌表。

赞慈善工作者

肖剑顺

广洒甘霖浥卉茵，
妆成大地四时春。
扶贫兴教丹心暖，
救病帮残善意醇。
抗疫千钧平祸患，
赈灾万户渡艰辛。
撑开巨伞遮风雨，
见到他们格外亲。

清平乐·备战腾讯九九公益助捐活动

来　均

出捐何处？
腾讯开新路。
一善换来群善助。
滴水变成膏雨。

先栽几朵红花。
待它九月抽芽。
你为爱心兜底，
我来接力千家。

沁园春·江苏省慈善总会扶贫纪事

吴文艳

走过年光，不计余晖，许趁朝霞。
且殷勤打探，孤残巷路；频繁访问，困顿人家。
病里医疗，学中课业，救助资金又几些。
匆匆处，是当时景况，笑脸堪嗟。

慈心未有偏差，数多少、卷宗事可查。
看灯前盈百，何分节日；床边上万，岂限儿麻。
自古真情，而今挚爱，婉拒曾经一口茶。
般般后，对辉煌祖国，寄望无涯。

鹧鸪天·句容市爱之声义工团年会感怀

吴本玲

瑟瑟清寒又仲冬，
偕同益路喜相逢。
凝沙为塔层层聚，
汇水成河滴滴淙。

襄学子，惜贫穷。
小城大爱拂春风。
日行善举初衷在，
一点心灯暖意融。

西江月·金山公益女志愿者

吴诚龙

调度四时春色，送来人世情优。
经冬历夏暮年秋，乐助孤欢中寿。

天使英姿矫健，古稀真挚温柔。
扶贫慈善我分忧，隐姓埋名新秀。

满庭芳·援疆光明行

吴海晶

慈善金桥，豫疆飞架，光明行聚英贤。
资金项目，心手紧相牵。
白褂远征哈密，除病疾，赛过神仙。
失明者，逢春枯木，拨雾见蓝天。

善行持久贵，援疆三进，沙漠甘泉。
造诣深，华佗不免惭颜。
民族同根灌溉，参天树，叶茂枝繁。
推公益，爱心传递，幸福满人间。

赞为大病捐款的慈善者

邱永叶

点点滴滴也是情，
寸心奉献莫言轻。
健康大厦擎天起，
全靠贤良手拱成。

八声甘州·脱贫决战

佘玉兰

似惊雷响遏震东方，神州起春风。
挂云帆破浪，孜孜所向，出战精攻。
施策穷根挖掉，答卷已萦胸。
合力长缨握，定缚苍龙。

领袖庄严承诺，党谋民福祉，铭记初衷。
为千年企盼，众志创奇功。
绘宏图复兴圆梦，令世间瞩目赞其雄。
辉煌史新程再启，气势如虹。

西江月·慈善行

沈　扬

积德心怀施善，和谐乐业居安。
帮扶贫弱化危难，举手排忧点赞。

病疾缠身伤痛，解囊慷慨扶残。
别离苦楚度春眠，共赴前程悦看。

“帮扶孤贫学生活动”有感并寄语帮扶对象

宋　旭

巨擘勾描盛世图，
扶贫送暖助穷孤。
莫嗟薄俸尚双篮，
且济清寒添一襦。
读破诗书谋命运，
学成知识启凡愚。
胸怀赋有凌云志，
山野从来出凤雏。

题江苏省慈善总会

宋　彬

十六年来风雨过，
扶贫济困似春和。
从知善举能无我，
惟愿慈心可利他。
天道常怀情不改，
人寰信有爱何多。
只今事迹传函宇，
且为仁声发浩歌。

咏江苏省慈善总会

宋玉秋

浮云难蔽日，
风雨自新晴。
上善如流水，
艰危有弟兄。
同袍何所惧，
携手事能平。
纵目东南去，
江苏拥旆旌。

海棠春·大病兜底

宋江明

人生何有时时易，谁愿得、膏肓扶疾。
大患入红尘，无泪都成泣。

怎知能遇真恩泽，困局解、休生养息。
去日已蹉跎，苦志临风立。

慈心善举

宋艳红

传薪热土九州同，
百善生根爱帜红。
奉献数年情有道，
纵横千里梦无穷。
暖阳化冻仁田种，
枯木临春德雨融。
鱼米之乡承厚泽，
一江慈水沐和风。

咏慈善助学者

张　彦

心中一亩助耕田，
慈善基金把梦圆。
牵手山区学辍女，
遥思海岛苦孤男。
半年寄去生活费，
两季邮来日用钱。
总把新衣叮嘱换，
千针万线紧相连。

赞修车老人胡汉生

张　彦（女）

金轮驰万里，耄耋不蹉跎。
望月吴牛勇，披星汗水沱。
小灯如亮炬，北斗若明珂。
频举善行事，欣闻大爱歌。
长街何碌碌，短鬓已皤皤。
筑路倾财力，修车踏露莎。
捐金赈灾速，积德毕生多。
慈善树模楷，江潮汇海波。

惠善有怀

张　奕

酥雨无言润旱时，
春阳有意向残枝。
江南江北风光里，
泊泊甘泉奉党慈。

冬日偶见路边老太手工做棉鞋摆地摊

（安徽）张　萍

棉鞋自制摆摊忙，
线绕寒风手冻疮。
忽见残疾人露脚，
居然免费送一双！

致扶贫干部

（陕西）张　萍

一路扶贫一路诗，
民生困苦我咸知。
己身忧患何惜也，
彼处需求力助之。
头顶骄阳穿巷陌，
身临陋室恤孤痴。
驻村半月难相认，
黑脸包公连鬓髭。

观苏城明善乐行有感

张　皓

泊岸青山百草香，晴光转绿水犹凉。
踏得小道林中去，上有来人鬓已霜。
几处台舍催新柳，谁家间壁染画墙。
槛外闺妇温黄酒，槛内小儿识字忙。
酒酣微暑树微胧，闲试文章能几行。
偏惊稚子运筹笔，才涌青丝水成溪。
作得词曲二三首，更有放翁戎与砺。
客从驿来为异客，借问苏城生与计。
未闻今朝岁上饶，笑声早比语声急。
东市耄耋荐亲友，裁带妆成登琼楼。
西市少冠学塾里，井边何处无书声？
虽言贫人不胜数，善行援换日为新。
那方得难尝运苦，那方便共舟与渡。
本是世间同根草，一情一助翠长东。
天下何处无荒年，若存慈心那得艰。
不如寄风随流水，落场年年岁岁春。
敬逢宫明昌平世，愿挟此意到云中。

江苏慈善铸辉煌

张卫东

神州炫彩奏谐音，
温暖人间亿众心。
慈善为民倾大爱，
扶贫济困奉甘霖。
隳肝沥胆过千峻，
滴水成河汇万金。
强富美高新跨越，
辉煌事业壮歌吟。

黄花吟

张文龙

驻村干部在穷困的山沟里，发现了满山遍岭的黄花，把它变成了产业，穷山沟走上了致富的道路……

由来萱草美名传，
休假荒坡采自然。
灿烂只因风雨润，
辉煌依赖日光鲜。
思乡总忆黄花菜，
济困敢挑重量担。
挖却穷根开富路，
青山绿水绽欢颜。

临江仙·感吟敬老院女义工

张立芳

一幢小楼清气绕，时闻笑语飞窗。
几多残病又何妨。
每来勤照料，亲比自家娘。

岁月无声人有迹，端汤端药如常。
慈怀本色溢芬芳。
爱心连海阔，布善与天长。

慈善歌

张秀平

逢雪勤送炭，遇饥忙赐餐。
热心恤孤寡，暖手扶病残。
华夏五千年，美德永承传。
孔孟倡仁善，儒风遍宇寰。
梁为楚灌园，怨消瓜丰赡。
秀实悯租酷，卖马代偿还。
剧演锁麟囊，宝赠助贫寒。
乱世豪杰士，毁家纾国难。
当今慈善举，更有千千万。
历朝征农税，一销不复返。
九年义务教，家长减负担。
退休钱渐涨，养老有靠山。
地僻老少边，久遭穷魔缠。
决策抓脱贫，打响攻坚战。
铺路再开源，三年奏凯旋。

暴发新冠疫，瘟毒逞凶顽。
多少危重疾，生命得回挽。
医疗加预防，国库全买单。
城乡义工队，行善作模范。
分忧挑重担，不辞累与烦。
贤达捐巨款，赈灾人颂赞。
世多慈善事，人增幸福感。
助人苦变甘，积善功德满。
慈是碧池莲，善是幽谷兰。
抱定慈善愿，豪气冲霄汉。
自律言与行，自壮肝与胆。
不惧虎暴虐，不避夜黑暗。
稳驾慈善船，高扬慈善帆。
慈善心一颗，光明灯百盏。
举世皆慈善，天地金灿灿！

咏江苏慈善楷模方祖岐将军

张青松

旃戎别却未歆楼，
上善萦襟气更遒。
不忍病童灰染面，
绝怜孤老泪旋眸。
平生身许黎烝事，
抵死心怀社稷忧。
康济何关名利计，
将军一世足风流。

注：方祖岐将军，原南京军区政委。

慈善江苏感怀

张雨倩

人间代谢随流水，
强富美高梦几回。
遥想好人心浪涌，
感怀事迹泪珠飞。
凝眉隐隐昔人傲，
顾首纷纷时代催。
慈善之光何寂寞？
江苏今日绽春雷！

行香子·赞“心悦晚霞”项目之爱心驿站

、张祖国

慈善流丹。驿站行船。
助孤寡、百事周全。
递茶喂饭，换湿铺干。
更温如玉，亲如女，气如兰。

三冬送暖，十载争先。
把芳华、倾尽家山。
非因名利，只为清欢。
便内心舒，我心动，父心安。

咏扶贫干部

张海萍

不惧天凉风与沙，
下田一起种桑麻。
扶贫送去千条策，
创业迎来万缕霞。
化尽辛劳情作穗，
收回欢乐梦成花。
交流围绕小康路，
总把农家当自家。

鹧鸪天·题慈善公益行

张晓斌

境况多虞总自伤，
月圆月缺尚无常。
残门有隙风添乱，
苦海寻舟涕作狂。

情与共，爱悠长。
玫瑰且授手留香。
千萤聚起星星火，
暗夜新生百丈光。

赞南通磨刀老人吴锦泉

张敬爱

紫琅烟雨染眸新，
江海风清水漾春。
桥畔才闻磨砺事，
街头旋见笃行人。
一腔无我慈为本，
半世如斯善是真。
埋首犹须昂首看，
老腰弓月烁精神。

注：吴锦泉，男，汉族，1929 年 12 月生，中共党员，江苏省南通市崇川区天生港镇街道五星村村民。南通市年龄最长的红十字志愿者。2013 年 4 月 20 日四川雅安发生 7.0 级地震，吴锦泉得知此消息后，将两年来每天骑自行车走街串巷，替人磨菜刀、磨剪刀挣下的辛苦钱总计 1966.2 元通过红十字会全部捐给了灾区。荣获第七届中华慈善奖、全国社会扶贫先进个人等称号，荣登“中国好人榜”。2012 年获得“中华慈善奖最具爱心慈

善楷模”。2014年，入选“感动中国”2014年度人物候选。2015年12月，入选“感动中国”2015年度人物候选。2016年2月14日晚，吴锦泉当选“感动中国”2015年度人物。2017年7月24日，吴锦泉被推荐为德耀中华第六届全国道德模范（助人为乐模范）候选人。2017年11月，荣获第六届全国道德模范提名奖。

赞新城养老中心

张新春

翘指新城堪可夸，
椒陵大地绽初芽。
康医结合探新路，
颐养天年胜在家。

寄“感动中国”2015年度人物“磨刀老人”吴锦泉

张颖娟

辚辚复辚辚，单车贯巷陌。骑车者谁子？耄耋一老伯。
皓发焕苍颜，秋骨比霜柏。伯也何所为？伯也何所适？
逶迤十余里，磨刀甘行役。磨刀竟何为？磨刀亦何索？
砥砺[1]两磨石，霍霍争朝夕。两臂竞拉锯，虬龙[2]盘面额。
百磨一个子[3]，万磨以攒百。不为衣食丰，忍闻世疾厄。
陋室聊栖身，励操犹冰檗[4]。怡然守清贫，躬行履圣迹。
或忧路不平，或恨天地坼。或恤幼维艰，或悯老穷瘠。
不辞身力微，慷慨倾财帛。无谓钱多少，但求有惠益。
只要世安稳，何妨作础石。经年如一日，卓荦[5]见标格。
葵藿[6]倾向党，一心长脉脉。高义薄云天，九州感丹魄。
无以酬琼怀，兆民请褒册。莫道桑榆晚，斜晖正赫赫。

注：

1. 砥砺，砥为精磨刀石，砺为粗磨刀石，一般磨刀都是用此两块石头。

2. 虬龙，此处指老人在磨刀时因用力，故脸上青筋突出。

3. 百磨一个子，据悉老人每磨一把刀，至少来回挥动手臂上百乃至几百次，但每次仅收费 1 元钱。

4. 冰檗，比喻寒苦艰辛，形容老人生活俭朴，条件艰苦。

5. 卓荦，超出一般，卓越，突出。形容吴锦泉老人高尚的人格。

6. 葵藿，葵性向日，古人多用以比喻下对上赤心趋向，此处喻指老人对党和人民忠诚。吴锦泉 1959 年入党，以共产主义为信仰，一心向党，无私奉献。

渔家傲·抗洪

张镇华

雨泄河南成祸水。
瞬间车路皆遭毁。
千载一逢洪暴起。
凶涛里，互助故事催人泪。

八面驰援携手对。
爱心踏浪成坚垒。
速出奇兵人不寐。
谁能比？生于华夏应无悔。

沁园春·赞江苏慈善事业

张耀明

2020年初新冠肺炎疫情突发，江苏省慈善总会紧急动员社会，汇聚慈善力量，多方募集善款，用于抗疫斗争，截至当年2月5日，累计支出款物2200万元，其中1200万元款物用于江苏省赴鄂医疗队医疗防护物资保障和省内定点医疗机构疫情防控，1000万元善款支援湖北疫区疫情防控。

集太阳明，聚群星辉，拢远月光。
为妖氛岂忍，天空弥漫；瘟神不让，地面嚣张。
何拒微微，更迎巨巨，旋放煌煌不可量。
人膺惠，恁尽怀慈善，一展贤良。

奔腾万里长江，贯古域新城相守望。
更何输盗火，勇哉身献；堪骈啼晓，诚矣心彰。
追日夸娥，治澜大禹，直为生民把恶降。
欣今又，在中山陵跃，黄鹤楼望。

扶贫感怀

陆　猛

残雪迟融小径喑，
溪边茅屋扰家禽。
庭前耄耋邀人坐，
身后愚儿绕客寻。
去岁扶贫栽果树，
过春约我醉花阴。
初衷勿忘村烟直，
千里东风父母心。

鹊桥仙·磨刀老人吴锦泉

陆　蔚

秋霜送暑，
春风迎露，
花谢花开几度？
千街万户只寻常，
认吴老、轻车旧路。

心慈如雨，
力绵似缕，
磨过菜刀无数。
薄财散尽为分忧，
见不得、他人困苦。

江苏省慈善总会护苗行动

陆广毅

不许害虫侵幼苗，
屡凭妙手助清标。
他时长作凌云木，
倍念当年雨露饶。

送清凉

陈　镇

红日高悬暑气陈，
长街不改扫尘氛。
送瓶净水虽微小，
胜过当头一片云。

咏慈善践行

陈为玑

海阔全凭滴水酬，
涓涓汇作大江流。
爱心广布纾民困，
慈善长施解国忧。
叶叶真情来不易，
堂堂高义复何求。
东西南北同援手，
雨露春风济一舟。

有感和善园联合江苏省慈善总会向鼓楼区环卫工人赠送消暑饮品

陈启荣

和善胸怀慈善肠，
炎炎夏日送清凉。
酸梅易解人间苦，
绿豆能添世道香。
大爱催生新境界，
真情打扫美城乡。
文明一帚除心垢，
不让污尘落四方。

写给致力于慈善事业的人们

陈苗清

总于寒冷寂寥处，
我用阳光送暖春。
也许经年曾苦痛，
应教来日有纯真。
青山蕴梦同风雨，
明月惜情共友邻。
人海茫茫听懂你，
同行长路接晨新。

咏江苏慈善

陈奇兵

和谐笑语稠，
四海小康谋。
捐款帮孤寡，
扶贫献妙猷。
爱心开万里，
大爱解千愁。
慈善东风暖，
轻敲万户楼。

雪天见暖

陈建中

纷纷暮雪下村东，
欲访孤身谢伯翁。
邻里在先我嫌后，
新棉已见暖床中。

洞仙歌·歌赞吴江义工

陈海蓉

寒来暑往，赞吴民仁善。
作伴韶光赤心献。
学雷锋、慰老访病千村，
殷勤处、爱看孤儿笑面。

忆取当年事，烛火围床，
欲得青娥寿辰暖。
恶瘤侵弱质、十八芳华，
泪眼送、长天渡远。
感义工、相守若亲人。
还祝祷、红尘再无离怨。

漂母故乡慈善多

陈振文

农家贤妇热心肠，
大爱无疆誉故乡。
赠饭岂图有后福，
怜人舍得赐琼浆。
振兴慈善新时代，
打造英雄铁脊梁。
到处观光如洗礼，
心清似水拜忠良。

临江仙·闻岩头中学送教山乡有感

陈福荣

借取东风期染绿，回春天赐契机。
传经送宝到黄皮。
山乡承惠顾，沐暖荡欢怡！

好水源头初破腊，新声壮我楠溪。
诗光渐耀庆无疑。
来朝金盾崛，李下自成蹊。

贺江苏省慈善总会成立 16 周年

陈慧茹

扶危助困解人愁，
十六年来善业谋。
广积涓流成大海，
爱心托起木兰舟。

中华抗疫吟一百韵

巫志刚

天地非仁矣，万物为刍狗！病毒何猖獗，催命全无守！
何以分种族，岂论制度否？全球全沦陷，哀鸿日夜吼。
救护苦不及，遍地弃尸首。人间变地狱，旷野成渊薮。
恨尔造物者，夺命如割韭。人类何微茫，神灵愁眉皱。
东方有神州，抗疫圣德厚。视民为国本，社稷得隆祐。
凝心天下归，引领环球秀。疫兴己亥末，悲风击汉口。
江汉共苍茫，鹤泣龟蛇叩。新冠何诡谲，潜随飞沫走。
染之摧肺腑，喘烧命难久。骇兮可互传，病毒多邂逅。
猖狂楼肆间，肆虐市街遘。更逢春运时，辐射九州蹂。
吹哨多勇士，赴战岂甘后。国士俱无双，诤谏丹心剖。
元首定良猷，众目瞻北斗。挥钥关武汉，封城擒毒寇。
舟停车不发，隔离宅家候。行坐戴口罩，洗手防毒逗。
勇哉十四亿，九州闭户牖。举国同抗疫，一心志不苟。
国难同慷慨，国殇共巡狩。院士披宵衣，公仆镇枢纽。
担当一盘棋，集结九州懋。举国起精英，八方汇圣手。

赤羽风猎猎，白衣雄赳赳。三军降天河，医护披甲胄。
一省援一市，财物源源授。方舱一夕立，神山十日就。
应收尽收治，纾财全施救。几道压痕深，满身汗水透。
救护无日夜，值守坐宵昼。党员先锋队，支部堡垒构。
警民巡关卡，防疫无妇叟。忠勇子弟兵，纯良志愿袖。
奋迅出租车，奔忙快递友。控防巡社区，拉网收遗漏。
同胞共侨胞，捐助竞奔走。友邦越山川，同袍共君有。
鏖战二月余，解封喜击缶。曾负三春花，携行两岸柳。
山河均无恙，樱艳花枝抖。伟烈铸国魂，巍峨昆仑阜。
国难方未已，环球瘴雨覆。可笑观火者，抹黑复掣肘。
污名呼武汉，甩锅迁延久。疫情政治化，生民不得救。
太息民多艰，良机屡辜负。哀哀繁华国，超霸竟斯陋！
党争误疫情，害民遭病诟。可怜尽冤魂，数日成腐朽。
报德竟索赔，冥顽迷秃鹫。鸹噪山中客，浊目混良莠。
丑行何足论，战疫须共偶。抗疫呼守望，莫为人祸构。
敌寇乃病毒，常识何浅漏。奈何牧民者，谰言顾左右。
反智唯重利，附庸从大谬。医护人物缺，东方均盛茂。
一国护全球，万邦仰如母。琼瑶报木桃，论战斥群丑。
合作测基因，攻坚疫苗侑。东升西没落，竟从今日咎。
看我核心固，北辰辉宇宙。看我号令明，流响千里奏。
有难八方援，甘苦心同受。军民如一体，科技联广袤。
奋勇仁义诚，民风淳似酒。抗疫孕精神，群英耀星宿。

制度凝优势，归心邦基宥。苦难铸辉煌，七秩金石镂。
天灾隐新机，国步马蹄骤。民本聚国力，社稷承乾九。
天人和合一，大道行无疚。脱贫将收官，复兴崇奋斗。
千载铸龙魂，鲲鹏重抖擞。春潮竞千帆，斩浪立船艏。
青春护盛世，命运期同受。怀仁天下归，独霸徒怀垢。
蜗角争霸业，蝇头笑美某。嗤嗤冷战客，瞢瞽无自囿。
王道坦荡荡，独享七千寿。千秋多过客，神州脉维旧。
煌煌迈万古，国祚如豆蔻。兼济在苍生，福民永无够。
治平致圣王，大同共辐辏。斯民怀瑾瑜，斯邦佩琼玖。
斯言振聋聩，寰宇期同耦。大爱同扛鼎，勿忘乾坤痘。
吟罢清风起，鸟振云出岫。晴空更璀璨，熠熠补天琇。

永遇乐·上善

邹　俊

天有阴晴，飞灾横祸，世上难数。
瑟瑟高寒，花明柳暗，枯木逢春处。
情深潮涌，涓滴甘露，风雪丽人疾步。
问星月、方知天使，总在逆行背负。

劈开荒岭，清泉飞瀑，到处翠微天府。
涝疫突围，废墟站起，更见真情驻。
云程霞色，点染学子，牵系窗前寒暑。
举慈善、命运与共，冰心构筑。

赞助残模范潘文贤

邹　鹏

福建企业家潘文贤，在宁夏隆德县创建人造花工艺有限公司，招千余名残疾人务工脱贫。

千里迢迢为助残，
闽江滋润六盘山。
造花立业花鲜艳，
励志残身志愈坚。
把手传能情切切，
呕心施教意绵绵。
假花破解真贫困，
撑起人生一片天。

行香子·赞中国爱心老人姜达敖

邵香君

八秩行香，满室旌旗。
九百万、多少慈悲。
孤童助学，残疾安肢。
送雪中炭，雪中被，雪中衣。

虽拖病体，偏怀高德。
播三千、遍地芳菲。
儿孙续爱，受众交辉。
赞善如歌，善如画，善如诗。

注：中国爱心老人姜达敖热心公益，几十年中各类捐款达九百万，受众三千人。在他的带领下，子孙纷纷献爱心，连他帮助的人也成为爱心使者，爱弘扬了爱，大家用爱回报社会。

喜闻母校南京理工大学率先推出爱心饭卡

房　舫

求学在都市，徒奈阮囊空。
郁郁贫家子，每每叹途穷。
腹枵既已甚，何以蹈高踪？
伟哉有心人，扢扬古仁风。
见善能如渴，科技显神功。
党疼与国爱，尽在一卡中。
受助有自尊，忠义愈填胸。
衔环结草日，剑气耀如虹。

注：爱心饭卡就是用大数据分析学生的饭卡消费情况，以此判定贫困生标准，在不打扰学生和不损害学生自尊的情况下，将补助悄悄发放到学生的饭卡中。

咏慈善事业

林　芹

行善千家共万家，
不分海角与天涯。
爱心皆化及时雨，
开出人间遍地花。

乡村脱贫赞

——致挂村帮扶党支部第一书记

林文钦

驻村扶贫逾五载，
凌云壮志盖愚公。
强村有道声誉隆，
致富思源葆初心。
但消百姓贫和苦，
何问千秋功与名。
倘使队伍头雁在，
直教土地变康庄。

慈善江苏礼赞

林锦城

善扬天下五千秋，
济世慈怀汇善流。
心悦晚霞心蕊美，
善行晓照善缘优。
论坛德范彰华夏，
博爱光明上骏猷。
情暖江苏歌善举，
锦程春蕾绽心头。

注：“情暖江苏”“博爱光明行”“春蕾圆梦工程”“心悦晚霞”“心蕊工程”慈善项目。

赞山村教师

林惠芳

翻岭趟溪赶日轮，
讲台三尺一躬身。
薪微不悔园丁路，
夜晚常留灯下人。
每叫书声充陋室，
只望学子变金鳞。
肩挑道义经千苦，
换得大山桃李春。

感恩捐赠

尚金洋

千里有缘一线间，
施恩布雨在人前。
将来若化堂前燕，
必报深情爱为先。

一剪梅·赞伟大母亲张桂梅

尚爱民

崖上春梅自吐芳，
蕊绽疏枝，暗送幽香。
为教女子出山乡，
欲建高中，带病奔忙。

百折不回辛苦尝，
四处筹资，黉院轩昂。
两千学子享阳光，
十二春秋，恩重情长。

首届江苏慈善奖获得者苏妹娣

罗　伟

远涉千山万水长，

只身吴楚播芬芳。

还如己子亲他子，

总把殊乡作故乡。

一世深情唯有信，

五洲大爱本无疆。

几人亲受君之教，

但揖高风不敢忘。

注：苏妹娣为美国人，1948 年生，自 1992 年来中国义务从事英语教学工作。

西江月·山中助老纪实

罗金龙

剪剪双飞燕子，澄澄一垄黄花。
几声啼鸟过山洼，唤起春光无价。

入户张开笑脸，关心衣食桑麻。
空巢人老傍篱笆，正把家常闲话！

光伏助残项目

罗金华

和风丽日驻长春，
光伏而今可济贫。
博爱多情从此见，
包容普惠为谁匀。
曾经灯盏如寒烛，
到底能源变白银。
不是人间添笑脸，
难知丙火乃财神。

江苏省慈善总会网观后

金永波

爱心榜上见慈忱，
捐款流长数更新。
既有青年欣助教，
也存妇孺乐扶贫。
长江滚滚春潮涌，
大地茫茫澍雨濒。
最喜人人皆送暖，
群仁善举力千钧。

鹧鸪天·大爱无痕

金兴生

袅袅清香上九重，
甘霖普降洗长空。
爱心拂过千家喜，
善举迎来万户崇。

天境外，世尘中，
茫茫人海觅仙踪。
扶贫助学疗伤痛，
大爱无痕济世功。

西江月·洪泽区慈善咏

金华成

善举暖心层出，爱心济困频传。
河南洪涝大家捐，众手相扶撑伞。

干部聚沙成塔，学生奉献零钱。
灾民挺过此难关，赢得世人礼赞。

晴朗乡政府会议室商谈对口帮扶

周　煜

破晓踏冰访藏乡，
围炉商计两情长。
不知门外春多少，
但觉梅花阵阵香。

广厦庇寒士

周光华

腊雪年年未足奇，
一回事上两相期。
陈年纵有仓仓满，
旧岁岂无路路啼。
唯值人间差别大，
不谈瑞雪或相宜。
而今广厦庇寒士，
望雪丰年任尔题。

行香子·崇德向善

周宗云

德雨敲窗，花满陂塘。
正西风冷翠凝霜。
秋兰纫佩，赓续荣光。
看山巍巍，人奕奕，水汤汤。

孤残纾困，灵魂相托，
愿慈心愍恤忧伤。
善行接力，手遗余香。
任梦无涯，情无限，爱无疆。

感沈小平慈善事

周其荣

柳营生气挟风雷，
一到江南百物催。
鼎立雄姿唯旷达，
心倾善果悉栽培。
嘉禾趁势连云起，
寒蕊逢春带雨开。
悬旆高楼今可望，
平平大道净无埃。

注：沈小平，江苏吴江人，通鼎集团董事局主席。民营企业家，著名慈善家。

为慈心善举点赞

周富成

脱贫摘帽入康庄，
慈善拾遗补短墙。
救难援灾春雨暖，
助学济困暑风凉。
爱心施惠披肝胆，
德政布仁化雪霜。
积水聚沙凝众志，
一家有恙万人帮。

慈善颂

周增芝

人生风雨路，
聚力铸国魂。
济困存高远，
扶危耀古今。
慈心怀日月，
善举照乾坤。
但愿传真爱，
同迎天下春。

劝孝歌

周德新

百善之中孝为先，
中华美德应承传。
无知鸦鹊犹知爱，
懵懂牛羊也懂怜。
子女怀仁家兴旺，
庶民尚礼国安然。
做人贵在明廉耻，
养性修身学圣贤。

题江苏省慈善总会驰援河南抗汛

郑　杰

忍看滂霈涨横流，
衔泪乡关日夜浮。
星火驰援催急鼓，
江潮破浪济同舟。
雨寒更有世情暖，
汛险长牵家国忧。
正道人间慈善事，
晴光淑气盛中州。

注：星火，流星一瞬即逝的光，比喻迫切、紧急。

赞江苏慈善

郑万才

大美江苏一个家，
由来慈善最堪夸。
虽然不会生根系，
照样能开满地花。

江苏有爱

屈国杰

朋友们，请来看，说江苏，话慈善；
人之初，性本善，慈善事，史久远；
我华夏，五千年，有仁爱，乐行善；
济众生，责任担，善事多，永流传；
江苏省，爱心满，慈善业，大发展；
新时期，意深远，把和谐，来构建；
慈善事，在身边，不胜举，说不完；
去年初，不一般，疫情发，病凶险；
影响大，民危难，抗疫情，齐动员；
江苏人，走在前，做慈善，上前线；
听党话，责任担，捐物资，援武汉；
助打赢，狙击战，为抗疫，作贡献；
爱如潮，来捐献，献爱心，雪送炭；
把慈善，记心间，让慈善，不间断；
撸袖子，加油干，为百姓，守平安；

母亲织百件毛衣送村里孤寡老人

封明珍

频从针底乐年华，
彩线翻飞到月斜。
织就新衣三百款，
赠遗耆老一身花。
层层春色连秋韵，
阵阵香风自我家。
阿母种心还种德，
善根化玉出尘沙。

十拍子·赞最具爱心慈善楷模徐亚福

赵天林

本是越南孤子，今为华夏名人。
落户泰兴埋首干，旰食宵衣铭报恩。
劳模耀北辰。

克俭克勤帮困，捐钱捐物扶贫。
耄耋之年犹博爱，举手非凡呈大仁。
厚德励后昆。

注：徐亚福，今年 82 岁。他原是越南顺化市的一名贫困孤儿，1949 年被中国好心医生收养并带回泰兴生活。长大后，他加入了中国国籍。1962 年徐亚福成为泰兴石油机械配件厂的工人，1977 年被评为江苏省劳动模范并于 1992 年光荣加入了中国共产党。多年来热心公益事业，先后从微薄的工资中捐出 4 万多元帮助他人。退休后还坚持捐款、捐物、做义工。2018 年入选“中国好人榜”。先后获得“泰州市慈善奖”及“最具爱心慈善行为楷模”称号。

有感 99 公益日

赵丽萍

序接金秋日更新，
相帮弱小度霜晨。
意关失独知风雨，
行在逢时送米薪。
红蕊集多能量正，
爱心翻倍感情真。
不图回报阳光暖，
世界温馨总是春。

江苏驰援河南新乡抗洪救灾纪事

柯　宏

豫北变汪洋，黎元正受殃。
广衢经浩劫，郊郭若洪荒。
牧野邦途阻，黄河浊水狂。
惊涛吞墅舍，急雨洗城墙。
集结行千里，支援自八方。
南京闻警讯，火速赴新乡。
水患仍持续，灾民已断肠。
临危犹不顾，舍我又何妨。
倾覆堪无奈，流离实感伤。
孤村灰惨惨，一片白茫茫。
既毁田和地，还淹梓与桑。
所宜凭短棹，所到尽空房。
内涝何时退？生灵何处藏？
所为皆切切，所见各遑遑。
纵使无烽火，依然是战场。

移舟消体力，挥汗湿衣裳。
此景应相记，吾民切莫忘。
此番为子弟，不敢愧炎黄。
天佑苍生命，苍生得寿康。
人间存大爱，大爱也无疆。

【正宫·脱布衫过小梁州】记江苏省慈善总会资助白血病女孩阿娇

钟绍勋

不学那黛玉悲秋，不盼那鸿运当头。
望夜空流萤自由，思老家满山黄柚。

【带过】寒蝉续断更添愁，凉月如钩。
病床孤枕壁灯幽，身儿瘦，何日返妆楼？

【幺】江苏总会知情后，访名医大爱相酬。
髓换新，人依旧，
感恩时候，一躬到底泪长流。

咏敬老院长李银江

侯明铎

建院于今三十春，
赤诚敬老未辞辛。
长陪孤寡寒冬暖，
更送镇村情义真。
尽孝床前常煮药，
守灵幡侧每伤神。
谁言此是儿孙事，
他说生为党的人。

注：李银江，江苏省淮安市盱眙县桂五镇敬老院院长，曾荣获中华孝亲敬老楷模提名奖、江苏省“五一”劳动奖章，2017 年当选为党的十九大代表，2019 年 3 月获中华人民共和国民政部“孺子牛奖”，2021 年 6 月被中共中央表彰为全国优秀共产党员。

临江仙·咏慈善扶贫

姜夕泉

东风化雨春天下，人间万物芳华。
千秋向善爱无涯。
念慈德厚植，济困暖寒家。

修行道义传承颂，解囊慷慨当嘉。
康庄鼓乐振兴挝。
余香自在手，再送一枝花。

南歌子·慈善吟

姜云超

广布扶危难，博施济梓桑。
慈风善雨润八方，若水仁心。
大爱写无疆。

山岳宜层秀，芝兰贵暗香。
何须图取报壶浆，
只为民兴国富永隆昌。

浪淘沙令·赞扬州年轻慈善家路丹瑞

姜亚谦

丹瑞似杨花，浪迹天涯。
年轻善举众争夸。
稿费拾荒全献出，救助贫娃。

大爱植奇葩，人品尤佳。
读书在外未忘家。
设立基金筹善款，不负韶华。

浣溪沙·镇敬老院所见

洪成超

敬老院中老寿星，
廊前花下摆棋枰，
绿茶一盏话农耕。

莫道今秋新雨足，
不妨他日好收成，
开颜笑说晚来晴。

慈　善

洪宝志

我叹浮生生有限，
谁疑大爱爱无疆？
人行一善如涓滴，
日日坚持汇海洋。

江苏省慈善总会礼赞

姚宪民

欲效女娲补漏天，
同心勠力聚铜钱。
募捐已过三十亿，
义举何论万百千。
助老赈灾行好事，
扶贫济困解危难。
雪中送炭兴慈善，
锦上添花美梦圆。

咏慈善工作者

姚铁飞

民生在腑未曾休，
岂惧酸辛祉祚谋。
且抱慈心披苦雨，
多弘善举践寒丘。
情同峻岳松杉屹，
志比惊湍砥柱遒。
踏月归来留倦影，
谁倾热血写春秋。

赞沈小平

——第五届“江苏慈善奖”最具爱心慈善捐赠个人、中华慈善突出贡献个人等

俞可淼

鼎兴实业有雄谋，
财聚亿金犹子牛。
遍播甘霖三万里，
慈行善誉满神州。

注：沈小平，通鼎集团董事局主席、中国慈善联合会副会长。2020年8月获得第五届“江苏慈善奖”最具爱心慈善捐赠个人荣誉称号。并曾6次获“中华慈善奖”、3次获评“全国十大慈善家”，被授予全国脱贫攻坚奖、中华慈善突出贡献个人。累计捐赠超7亿元，扶贫帮困足迹遍及23省20个国家级贫困县、11个经济薄弱地区。

大爱人间

贺占强

慈为行事本，
善乃做人先。
饱暖无忧处，
当思有苦寒。

支教感怀

凌　宇

叶尽西风塞北尘，
炊云十里绕三秦。
无情翠柏含烟久，
满目红梅带雨新。
不见伊家空美景，
可怜何处梦佳人。
换得桃李成行日，
花落花开又一轮。

致江苏慈善事业

郭小鹏

为寻至境上层楼，
击水扬帆共一舟。
人有慈心情不老，
天凭善意爱长流。
梦深处是中国梦，
愁尽时无赤子愁。
春雨悄然泽万物，
今朝功业惠千秋。

致江苏省慈善总会

郭凤林

仁者胸襟怎丈量？
山川有界爱无疆。
古贤归去星辰远，
善道绵延岁月长。
播撒真情收喜悦，
赞襄盛世筑康庄。
为求天下人同乐，
当代陶朱竞解囊。

江苏慈善捐资救灾

郭增吉

苏地幅员广，
常常有祸灾。
疫情连暴雨，
干旱并尘霾。
援建何惜力，
捐资肯舍财。
心中凝大爱，
笑看百花开。

西江月·赞驻苏央企慈善精准扶贫

索远鸿

百姓困难牢记，国家重任担当。
六千多万爱心彰，激起无穷希望。

助学情怀堪赞，扶贫美德应扬。
送人花卉手余香，赢得人民景仰。

江城子·扶贫济困

袁桂荣

铁鞋磨破走山村。
找穷因，拔穷根。
种养帮扶，懒汉作为勤。
岁月勤拼蒸汗雨，猪满圈，谷盈囤。

病残孤老不丢分。
叙寒温，送粮薪。
百姓常思，华夏一家亲。
好梦延伸连富路，红日子，正敲门。

鹧鸪天·江苏“爱心超市”赞

贾来天

四百余家岂等闲，
爱心超市暖人间。
扶危济困时时在，
助急帮穷事事先。

凭热血，感心弦，
扶贫复志赤心丹。
星罗棋布家门口，
慈善心牵万里天！

轮椅歌手肇恒君

聂元水

四肢瘫痪又如何，
慈善新翻好汉歌。
三百万捐资助教，
五千天演唱奔波。
孤高轮椅追求远，
慷慨肩头梦想多。
点检心中那些爱，
任凭坎坷也爬坡。

【双调·沉醉东风】小儿收联合国儿童基金会证书和戒指

原振华

把快递轻轻打开，捧证书默默思猜。
笑脸扬，银环戴，零花钱又攒三块。
献我纯真小小爱，添一抹童年色彩。

过慈济基金南京联络处

徐玉向

邂逅金陵谒妙藏，
人间菩萨法薰香。
心灯意态惟君守，
竹筒精神四海长。
但使沉沦能醒觉，
甘从环保散资粮。
随园一别皆秋水，
回首莲山夫子墙。

采桑子·赞江苏省慈善总会

徐海平

钟山颔首夸慈善，种植阳光。
撒播阳光，不改初心党领航。

扶危济困人称颂，不是爹娘。
胜似爹娘，大爱无疆泽八方。

满江红·赞“抗疫天使”

徐惠洁

伏毒霾尘，连几省、亲人离别。
休耽搁、民生危急，朔风残烈。
万里壮心清若竹，千重义胆红如血。
履冰层、纵险不回头，思怀迭。

楼中事，同悲切；
天涯影，相寒绝。
念疫情无日，楚江声咽。
鹦鹉唱春时砥砺，凤凰吟火堪摧折。
颂神州、勠力抗顽凶，多英杰。

江苏慈善事业光耀人寰

黄　江

秦淮河畔鹊声稠，
几度斜晖映画楼。
一颗爱心昭日月，
千般暖意谱春秋。
犹欣公益阴霾扫，
重挂云帆至愿酬。
慈善催开花万树，
笑看赤子舞风流。

赞江苏慈善人

黄友富

淮水悠悠育俊英，
襟怀家国启文明。
帮残助弱兴新业，
济困扶贫拓远程。
一滴清泉方解渴，
三分甘露可滋荣。
诗词搭起擂台赛，
赢得神州点赞声。

鹧鸪天·空巢老人赞社区志愿者

黄玉庭

回望时光逐日遥，
空巢未断有人瞧。
长天飞雪新粮送，
小灶煮茶甜梦敲。

揉痛腿，灸寒腰，
东风陪伴爱心掏。
真诚常与春牵手，
举善不言情自高。

【正宫·醉太平】相伴老人行

黄正英

“黄环”漂亮，“秘密”深藏。

耋耄潸泪感恩长。

(谱）崇川乐章。

(你看那）上班，子女心儿放。

(一回回）傻妈（爸）迷路归来畅。

(恰是那）雷锋就在咱身旁。

人人颂党。

注：李坤，南通人，中共党员，退休前为南通焊机厂经营厂长。退休后热心为老年人服务，办了很多好事：一、组织老来乐兴趣社；二、办黄手环，对失智失能老人一对一帮扶，此活动成崇川区品牌活动项目，2020年李坤被评为“崇川好人”；三、办社区老年大学，组织老年人学园艺、绘画、书法等；四、2020年11月接市民政局“关爱失独老人”项目，组织志愿者上门做艰苦细致的工作，构建和谐社会不漏落一个人。

水龙吟·一珍慈善千千爱

黄郁贤

一珍慈善千千爱，心镜清风明月。
江南塞北，花红雪白，不同凉热。
百态纷纭，困穷疾恙，岂由天设。
有志愿万千，扶贫助弱，事鞅掌、情浓烈。

老少边穷揖别。
小康居，山驰高铁。
捐资希望，浇花未已，几多殷切。
今约贤人，共襄慈业，赋兴盛节。
正时慈国善，唯民是举，九州传捷。

豫地受灾江苏奋救有怀

黄斐帅

骤雨倾盆泄，
中原惨受侵。
郑州临凛冽，
苏地赠棉衾。
风月春归路，
天涯泪湿襟。
相濡同退进，
洪水化甘霖。

旅苏见闻赞慈善总会

梅凤云

年来注定不寻常，
疫患洪灾骇梦乡。
筹措每因情动感，
支援共把义伸张。
爱心流转超风尚，
善念传承献脑康。
济世为民真给力，
人间自信有慈航。

【正宫·塞鸿秋】赞慈善楷模公益教师邓红

常永生

寒潮烈日湖边待，丹心宏愿渔民爱。
鸡窗你要拨光脉，书声你已超天籁。
党心存本真，赤血融时代。
你用仁心大义诠释了园丁新潮派。

泥泞挡不住迎风燕，情丝理不乱亲民愿。
为帮扶解难你把心桥建，让贫寒有爱你使家园变。
洪湖追梦人，慈善回春苑。
看茫茫湖畔最数烛光艳！

注：邓红，江苏省淮安市洪泽区水上百合志愿者协会党支部书记、高良涧小学党支部副书记。

致敬慈善志愿者

常宏涛

鹤唳横空每慑魂，
红衣灿灿最先奔。
挺身岂顾寒和暑，
纾困焉分昼与昏。
善举绵绵凝雨露，
丹心灼灼暖家园。
清风吹奏平安曲，
脉脉情怀爱不言。

临江仙·朋友的扶贫日记

崔秀春

破院整齐谁打扫？枝头鸟雀喧言。
张村孤寡病犹艰，
体残难自理，情景恁堪怜。

资捐物馈申救助，床前常把汤煎。
归来每带月儿还，
清辉一路洒，铺到汝门前。

鹧鸪天·江苏慈善事业让爱满人间

崔爱琴

搭起帮扶七彩桥，
齐心协力志仍豪。
隐形羽翼人人有，
困境愁容处处消。

将梦筑，把金淘。
重生枯木发新苗。
今朝纵遇艰难日，
爱满江苏路万条。

赞慈善楷模张辅世

崔敬之

满腹慈悲结善缘，
乐于奉献众称贤。
扶贫扶弱扶才智，
助困助残助志坚。
数十队员勇夺冠，
上千家长得安然。
荣登中国好人榜，
希望之家举世传。

注：邳州市慈善楷模张辅世，1989年从卫生局副局长职位退休后，创办公益慈善机构邳州市希望之家，免费救治648名儿麻残障者。在帮助他们身体康复之余，还教给他们文化知识，培养他们的聪明才智、顽强意志和远大志向，使之都能生活自理，并让上千名家长减轻负担，还有12名残障者成为残奥会冠军，在世界大赛中夺得30多枚金牌，为国争得了荣誉……张辅世也于去世后的第二年——2012年被中央文明办授予“中国好人”荣誉称号。

关爱空巢老人

梁庆永

入户春风起，
临别月已高。
夕阳关爱暖，
欢乐满空巢。

临江仙·助残日助残

龚　波

平日家门不迈，皆因身体堪忧，
繁华于你隔深沟。
几人知苦闷，风雨一肩收。

搭个平台扶助，今天一起交流，
春浓时节共郊游。
贻人花蕊者，两手暗香留。

寄从未谋面的助学恩人

彭木芬

莫道天涯若比邻，
隔山隔水本无亲。
窗寒室陋愁终日，
壤僻乡穷遇贵人。
十载雪中频送炭，
三冬梦里暖如春。
今朝折得蟾宫桂，
先报帘前月一轮。

光明之慈善

——参加永熹洋行40周年慈善活动有感

彭定军

正值祖国改革开放四十周年，也是永熹洋行成立四十周年，公司亦参与光明天使基金会义捐活动，以助盲人。

时来家国起东风，
吹度山花别样红。
四十年间经雨后，
万千感慨藏心中。
善心有爱能行远，
厚德无声可济穷。
最喜光明天使至，
今宵新月与君同。

水调歌头·江苏爱心助老赞

雷　婉

暖心江苏好，城镇沐熙阳。
爱心助老盈门，瓜果带清香。
搀扶游览瀑布，推车观瞻幽谷，一路如画廊。
社区如仙岛，温馨胜天堂。

景色秀，襟怀阔，醉夕阳。
江苏山水，频听禽鸟唱和祥。
络绎嫣红姹紫，带露时蔬鲜果，酿就蜜时光。
颐养此佳所，爱你没商量。

浣溪沙·赞徐州少年周牧楠连续十年捐压岁钱助学

蒋继辉

每到新年不用催，
携钱带梦一回回。
童真胜过雪中梅。

善念一朝心底种，
春花千里眼前开。
书声引得燕声来。

注：周牧楠，女，徐州人。今年15岁，从5岁开始连续十年把自己的春节压岁钱捐出来助学，累计已捐万元之多，被徐州慈善协会评为先进个人，她的事迹多次在媒体上宣传。

【中吕·山坡羊】赞江苏省慈善总会

董富荣

江苏慈善，全国齐赞，赈灾抗险慈心献。
济贫寒，救危难，雪中送炭除民患，
慷慨解囊资助援。
帮，爱意传，扶，情意牵。

鹧鸪天·春节关爱留守儿童

程春华

临近年关发噫嗟，
团圆过节梦成奢。
思归远客乡愁甚，
久别亲人眷念加。

人在外，爱回家。
视屏在手送宁嘉。
疫情未尽心桥建，
留守儿童脸泛霞。

鹧鸪天·人间善最高

傅　渝

安能广厦风雨销，
一方呼得八方招。
民忧助臂声尤壮，
国难担肩气更豪。

君勠力，子同袍。
凝心架起爱心桥。
泰山莫道三千丈，
不若人间善最高。

题近代慈善之父熊希龄香山墓园

曾小云

秋风飒飒卧荒坟，
来吊湘西一凤麟。
志使四君惊失色，
身随六士险成仁。
棉花暖慰苍生望，
枫叶霜坚赤子真。
袁术当年枯骨朽，
声名俱与陌尘湮。

注：

1. 志使句，相传熊希龄幼时以棉花入画，并题七字“此君一出天下暖”，令画梅兰竹菊者皆惊。

2. 六士，戊戌六君子。

3. 袁术，喻袁世凯。

虞美人·咏江苏“心悦晚霞”慈善项目

谢　丹

暗香满袖秋光好，
谁共人之老？
爱心涓滴化清风，
尽染江天万里夕阳红。

人生难得桑榆晚，
菊与诗相伴。
此心安处是吾家，
闲枕一竿斜照水明霞。

慈　善

谢少华

雪寒人送炭，
春暖柳成阴。
善举千年赋，
慈怀万古吟。
济贫宜远计，
扶弱合长心。
不问功名簿，
唯求一片林。

题江苏省慈善总会“护苗行动”

谢子健

滋兰九畹满庭芳，忍见凋蔽陌上桑？
霜侵雪掩乏眷顾，虫蚀日曝渐焜黄。
孱弱天资失荣养，青苗童童罹病殃。
或为椿萱早离散，或因户贫黯晖光。
遂使疾痼迁绵久，梦冀瘳愈俟宁康。
输液手背弥针孔，阖睛目眶干涕行。
举室长亲吞饮泣，咨嗟顿足羞中囊。
乃拭老泪悄言备，冥钱烛马纸衣裳。
今幸惠霖广泽被，不教恤孤丝佯佯。
幼幼何须辨人吾，心怀仁术效扁仓。
纾厄吝辞万万钱？燃灯应照千千堂。
灯前人喜我方慰，灯前幽暗我同盲。
迫睹枯容转丹渥，欣看患孺下榻床。
讵尝恃功言恩谢？讵望怨劳计酬偿？
鬼子母，药师王，洛迦山麓紫竹旁。

处处施慈闻妙谛，人人尽善即仙乡。
君不见，聊赍朽墨一呼吁，
孰家无有小儿郎！

慈善歌

谢良喜

人皆说慈善，慈善究如何？
助孤更助困，扶贫贡献多。
好施从所欲，乐善信非讹。
热心为社会，秉旨皆金科。
友爱如模范，普济比佛陀。
善意如可藉，天地自祥和。
即今逢盛世，大同不啻过。
但教循吾道，不必叹蹉跎。
世人如有感，应唱慈善歌。

踏莎行·白方礼老人

谢鹏主

两脚蹬风，三轮载客，
白头身影如山仄。
饥来但食水和馒，得钱却向贫孩塞。

寒暑无闲，雨霜惯历，
梦圆三百情何极。
斯人远去竟何方，人间姓字香长溢。

注：白方礼老人从 1987 年（时已 74 岁高龄）开始，蹬三轮近 20 年，用赚得的 35 万善款，圆了三百多个贫困孩子的上学梦，他自己却过着“一个馒头，一碗白水”、捡别人衣服鞋子穿的极端清贫朴素的生活。老人逝世时，无数市民为其送行，街道水泄不通，痛哭声一片。

采桑子·慈善

谢巍琦

慈心善意无穷好。赠予芳丛，
拓己心胸，袅袅余香在手中。

融冰化雪新春暖。不是春风，
胜似春风，苏北苏南万里红。

慈善随心

赖　成

阳光牵手不辞难，
声壮标高济世丹。
崇德笃行浮众望，
解忧纾困动吟坛。
和谐作伴胸襟广，
慈善随心气度宽。
施赈募捐扬博爱，
感恩时代报平安。

醉花间·重阳敬老

廖　原

千杯酒，万杯酒，
杯酒谁相守。
佳节又重阳，
对菊从婆叟。

年年亲固有，
岁岁情依旧。
黄昏夕照红，
尊享南山寿。

江苏科技互帮公司成立二十年抒怀

廖崇耕

最美花开二十年，
迢迢山水总情牵。
满将千里人间爱，
托起孤残一片天！

泰州富强村春晓

熊　敏

雨洗新阳半透红，
扶贫路上暖春风。
梨花屋后停车问，
指点坡头有小童。

村委会雪天入户关爱孤寡老人

潘加国

北风凛冽雪纷飞，
道路无人户闭扉。
村委访残询寡老，
家中可有过寒衣。

下乡助学有感

霍镜宇

共赴太平镇，
华楠云路通。
挥山吹浪影，
向日定天风。
蝉送荔枝熟，
心依旗旆红。
盈盈馀彩服，
相谓立梧桐。

诗咏慈善

戴永兵

本是慈悲出可怜，
能燃大爱沸人前。
恤贫当解三餐苦，
救困何妨一日捐。
积善怀仁堪立德，
博施普济足夸贤。
愿教天下无灾疫，
富裕和谐享万年。

鹧鸪天·赞绿健乳业贵州山区助学

魏新建

报载：徐州绿健乳业董事长陈正晖诚信办企，反哺社会，多年来坚持在贵州贫困山区助学，并深入从江县秀塘乡实地考察，投资数百万元，已建成两所山区小学。

黔寨童真上学难，
林深路险断崖攀。
临屏心系山娃苦，
捐款甘为弱势殚。

行善举，结情缘。
扶贫助学几经年。
解囊百万心安处，
野岭偏隅起校园。

小重山·赞马善民

魏福英

山里邮差马善民。
路崎岖踏遍、湿衣巾。
风霜雨雪顶星辰。
行万里、二十几寒春。

一站式辛勤。
油盐柴米面、送孤贫。
代交费用售山珍。
帮弱势、关爱慰亲人。